阅读之前 没有真相

午夜文库

阿加莎·克里斯蒂
赫尔克里·波洛系列

阿加莎·克里斯蒂
Agatha Christie (1890—1976)

无可争议的侦探小说女王，侦探文学史上最伟大的作家之一。

阿加莎·克里斯蒂原名为阿加莎·玛丽·克拉丽莎·米勒，一八九〇年九月十五日生于英国德文郡托基的阿什菲尔德宅邸。她几乎没有接受过正规的教育，但酷爱阅读，尤其痴迷于歇洛克·福尔摩斯的故事。

第一次世界大战期间，阿加莎·克里斯蒂成了一名志愿者。战争结束后，她创作了自己的第一部侦探小说《斯泰尔斯庄园奇案》。几经周折，作品于一九二〇年正式出版，由此开启了克里斯蒂辉煌的创作生涯。一九二六年，《罗杰疑案》由哈珀柯林斯出版公司出版。这部作品一举奠定了阿加莎·克里斯蒂在侦探文学领域不可撼动的地位。之后，她又陆续出版了《东方快车谋杀案》《ABC谋杀案》《尼罗河上的惨案》《无人生还》《阳光下的罪恶》等脍炙人口的作品。时至今日，这些作品依然是世界侦探文学宝库里最宝贵的财富。根据她的小说改编而成的舞台剧《捕鼠器》，已经成为世界上公演场次最多的剧目；而在影视改编方面，《东方快车谋杀案》为英格丽·褒曼斩获奥斯卡大奖,《尼罗河上的惨案》更是成为几代人心目中的经典。

阿加莎·克里斯蒂的创作生涯持续了五十余年,总共创作了八十余部侦探小说。她的作品畅销全世界一百多个国家和地区,累计销量已经突破二十亿册。她创造的小胡子侦探波洛和老处女侦探马普尔小姐为读者津津乐道。阿加莎·克里斯蒂是柯南·道尔之后最伟大的侦探小说作家,是侦探文学黄金时代的开创者和集大成者。一九七一年,英国女王授予克里斯蒂爵士称号,以表彰其不朽的贡献。

一九七六年一月十二日,阿加莎·克里斯蒂逝世于英国牛津郡沃灵福德家中,被安葬于牛津郡的圣玛丽教堂墓园,享年八十五岁。

阿加莎·克里斯蒂 侦探作品年表

波洛系列

1920	The Mysterious Affair at Styles《斯泰尔斯庄园奇案》
1923	Murder on the Links《高尔夫球场命案》
1924	Poirot Investigates《首相绑架案》
1926	The Murder of Roger Ackroyd《罗杰疑案》
1927	The Big Four《四魔头》
1928	The Mystery of the Blue Train《蓝色列车之谜》
1932	Peril at End House《悬崖山庄奇案》
1933	Lord Edgware Dies《人性记录》
1934	Murder on the Orient Express《东方快车谋杀案》
1935	Three-Act Tragedy《三幕悲剧》
1935	Death in the Clouds《云中命案》
1936	The ABC Murders《ABC谋杀案》
1936	Murder in Mesopotamia《古墓之谜》
1936	Cards on the Table《底牌》
1937	Dumb Witness《沉默的证人》
1937	Death on the Nile《尼罗河上的惨案》
1937	Murder in the Mews《幽巷谋杀案》
1938	Appointment with Death《死亡约会》
1938	Hercule Poirot's Christmas《波洛圣诞探案记》
1940	Sad Cypress《H庄园的午餐》
1940	One, Two, Buckle My Shoe《牙医谋杀案》
1941	Evil Under the Sun《阳光下的罪恶》
1943	Five Little Pigs《五只小猪》
1946	The Hollow《空幻之屋》
1947	The Labours of Hercules《赫尔克里·波洛的丰功伟绩》
1948	Taken at the Flood《顺水推舟》
1952	Mrs. McGinty's Dead《清洁女工之死》
1953	After the Funeral《葬礼之后》
1955	Hickory Dickory Dock《山核桃大街谋杀案》
1956	Dead Man's Folly《弄假成真》
1959	Cat Among the Pigeons《鸽群中的猫》
1960	The Adventure of the Christmas Pudding《雪地上的女尸》

阿加莎·克里斯蒂 侦探作品年表

1963　The Clocks《怪钟疑案》
1966　Third Girl《第三个女郎》
1969　Hallowe´en Party《万圣节前夜的谋杀》
1972　Elephants Can Remember《大象的证词》
1974　Poirot´s Early Stories《蒙面女人》
1975　Curtain—Poirot´s Last Case《帷幕》

马普尔小姐系列

1930　The Murder at the Vicarage《寓所谜案》
1932　The Thirteen Problems《死亡草》
1942　The Body in the Library《藏书室女尸之谜》
1943　The Moving Finger《魔手》
1950　A Murder Is Announced《谋杀启事》
1952　They Do It with Mirrors《借镜杀人》
1953　A Pocket Full of Rye《黑麦奇案》
1957　4.50 from Paddington《命案目睹记》
1962　The Mirror Crack´d from Side to side《破镜谋杀案》
1964　A Caribbean Mystery《加勒比海之谜》
1965　At Bertram´s Hotel《伯特伦旅馆》
1971　Nemesis《复仇女神》
1976　Sleeping Murder《沉睡谋杀案》
1979　Miss Marple´s Final Cases《马普尔小姐最后的案件》

其他系列及非系列

1922　The Secret Adversary《暗藏杀机》
1924　The Man in the Brown Suit《褐衣男子》
1925　The Secret of Chimneys《烟囱别墅之谜》
1929　Partners in Crime《犯罪团伙》
1929　The Seven Dials Mystery《七面钟之谜》
1930　The Mysterious Mr. Quin《神秘的奎因先生》
1931　The Sittaford Mystery《斯塔福特疑案》
1933　The Witness for the Prosecution and Other Stories《控方证人》
1934　Why Didn´t They Ask Evans?《悬崖上的谋杀》

阿加莎·克里斯蒂 侦探作品年表

1934　The Listerdale Mystery《金色的机遇》
1934　Parker Pyne Investigates《惊险的浪漫》
1939　Murder Is Easy《逆我者亡》
1939　And Then There Were None《无人生还》
1941　N or M?《桑苏西来客》
1944　Towards Zero《零点》
1945　Sparkling Cyanide《闪光的氰化物》
1945　Death Comes as the End《死亡终局》
1949　Crooked House《怪屋》
1950　Three Blind Mice and Other Stories《三只瞎老鼠》
1951　They Came to Baghdad《他们来到巴格达》
1954　Destination Unknown《地狱之旅》
1958　Ordeal by Innocence《奉命谋杀》
1961　The Pale Horse《灰马酒店》
1967　Endless Night《长夜》
1968　By the Pricking of My Thumbs《煦阳岭的疑云》
1970　Passenger to Frankfurt《天涯过客》
1973　Postern of Fate《命运之门》
1991　Problem at Pollensa Bay《神秘的第三者》
1997　While the Light Lasts《灯火阑珊》

出版前言

纵观世界侦探文学一百七十余年的历史，如果说有谁已经超脱了这一类型文学的类型化束缚，恐怕我们只能想起两个名字——一个是虚构的人物歇洛克·福尔摩斯，而另一个便是真实的作家阿加莎·克里斯蒂。

阿加莎·克里斯蒂以她个人独特的魅力创造着侦探文学史上无数的传奇：她的创作生涯长达五十余年，一生撰写了八十余部侦探小说；她开创了侦探小说史上最著名的"黄金时代"；她让阅读从贵族走入家庭，渗透到每个人的生活中；她的作品被翻译成一百多种文字，畅销全球一百五十余个国家，作品销量与《圣经》《莎士比亚戏剧集》同列世界畅销书前三名；她的《罗杰疑案》《无人生还》《东方快车谋杀案》《尼罗河上的惨案》都是侦探小说史上的经典；她是侦探小说女王，因在侦探小说领域的独特贡献而被册封为爵士；她是侦探小说的符号和象征。她本身就是传奇。沏一杯红茶，配一张躺椅，在暖暖的阳光下读阿加莎的小说是一种生活方式，是惬意的享受，也是一种态度。

午夜文库成立之初就试图引进阿加莎的作品，但几次都与版权擦肩而过。随着午夜文库的专业化和影响力日益增强，阿加莎·克里斯蒂的版权继承人和哈珀柯林斯出版公司主动要求将版权独家授予新星出版社,并将阿加莎系列侦探小说并入午夜文库。这是对我们长期以来执着于侦探小说出版的褒奖,是对我们的信任与鼓励,更是一种压力和责任。

新版阿加莎·克里斯蒂作品由专业的侦探小说翻译家以最权威的英文版本为底本,全新翻译,并加入双语作品年表和阿加莎·克里斯蒂家族独家授权的照片、手稿等资料,力求全景展现"侦探女王"的风采与魅力。使读者不仅欣赏到作家的巧妙构思、离奇桥段和睿智语言,而且能体味到浓郁的英伦风情。

阿加莎作品的出版是一项系统工程,规模庞大,我们将努力使之臻于完美。或存在疏漏之处,欢迎方家指正。

新星出版社
午夜文库编辑部

Agatha Christie

Over the next few years, we plan to celebrate two very important Agatha Christie anniversaries. In 2015, it is the 125th anniversary of her birth in Torquay, South Devon, England, and in 2020 it will be 100 years after her first book, THE MYSTERIOUS AFFAIR AT STYLES, featuring her famous detective, Hercule Poirot, was published. This is therefore a very appropriate moment to publish a new edition of her works, and I am delighted that HarperCollins has chosen to work with New Star on these new editions. New Star is China's top crime publisher, and has a strong and dedicated editorial staff and a continued passion for Agatha Christie, making them the ideal partner. It is the right time to make these classic books available in modern translations and so to bring Agatha Christie's books anew to her many fans in China, giving them a new reason to re-read these much-loved stories, as well as introducing them to a whole new audience. How delighted Agatha Christie would have been that her stories (as she called them) are still giving so much pleasure to so many people all over the world!

I think there are two very remarkable things about Agatha Christie's stories. The first is that they are so adaptable. It doesn't really matter which language they appear in, the stories and the plots still give the same thrill, still provide the same puzzles, and the characters still have the same attraction. Readers in China will I am sure enjoy Hercule Poirot and Miss Marple just as much as we do in England, and readers in China will still be transfixed by the surprises and horrors of AND THEN THERE WERE NONE, one of the great classics of 20th century detective fiction, as we are here.

Agatha Christie

The second is that the stories give a wonderful picture of England, particularly rural England, at the time Agatha Christie lived. She wrote books from 1920 until 1970 but it is sometimes hard to tell which part of her life each book was written in. Her characters and the life they lived were very much the same. The life we all live is changing very quickly these days but "the Agatha Christie world" stays the same. Perhaps the Miss Marple stories provide the best example of this, and in some ways, THE BODY IN THE LIBRARY and NEMESIS are quite similar, despite the fact that nirty years elapsed between the time they were written.

Perhaps I might end by mentioning three Agatha Christies (other than the ones mentioned above) which I think demonstrate why she is so popular, even in the twenty-first century. The first is MURDER ON THE ORIENT EXPRESS, one of the most famous with one of the most ingenious and human plots. Read this on one of your long train journeys in China! Next is A MURDER IS ANNOUNCED, a Miss Marple which was her 50th book. It has my favourite murderer in it! And last is ENDLESS NIGHT a story about evil and how it affects three young people, written at the time when I knew her best, and understood how deeply she cared and sympathised with young people and the world they lived in.

Whichever are your favourites I hope you enjoy these stories that New Star are introducing to you again. I think it is a great publishing event.

Mathew Prichard
Grandson of Agatha Christie
Chairman of Agatha Christie Ltd

致中国读者

（午夜文库版阿加莎·克里斯蒂作品集序）

在未来的几年中，我们将要筹备两个非常重要的关于阿加莎·克里斯蒂的纪念日。二〇一五年是她的一百二十五岁生日——她于一八九〇年出生于英国的托基市；二〇二〇年则是她的处女作《斯泰尔斯庄园奇案》问世一百周年的日子，她笔下最著名的侦探赫尔克里·波洛就是在这本书中首次登场。因此，新星出版社为中国读者们推出全新版本的克里斯蒂作品正是恰逢其时，而且我很高兴哈珀柯林斯选择了新星来出版这一全新版本。新星出版社是中国最好的侦探小说出版机构，拥有强大而且专业的编辑团队，并且对阿加莎·克里斯蒂的作品极有热情，这使得他们成为我们最理想的合作伙伴。如今正是一个良机，可以将这些经典作品重新翻译为更现代、更权威的版本，带给她的中国书迷，让大家有理由重温这些备受喜爱的故事，同时也可以将它们介绍给新的读者。如果阿加莎·克里斯蒂知道她的小故事们（她这样称呼自己的这些作品）仍然能给世界上这么多人带来如此巨大的阅读享受，该有多么高兴啊！

我认为阿加莎·克里斯蒂的作品有两个非常重要的特征。首先它们是非常易于理解的。无论以哪种语言呈现，故事和情节都同样惊险刺激，呈现给读者的谜团都同样精彩，而书中人物的魅力也丝毫不受影响。我完全可以肯定，中国的读者能够像我们英国人一样充分享受赫尔克里·波洛和马普尔小姐带来的乐趣；中国读者也会和我们一样,读到二十世纪最伟大的侦探经典作品——比如《无人生还》——的时候,被震惊和恐惧牢牢钉在原地。

第二个特征是这些故事给我们展开了一幅英格兰的精彩画卷,特别是阿加莎·克里斯蒂那个年代的英国乡村。她的作品写于二十世纪二十年代至七十年代间,不过有时候很难说清楚每一本书是在她人生中的哪一段日子里写下的。她笔下的人物,以及他们的生活,多多少少都有些相似。如今,我们的生活瞬息万变,但"阿加莎·克里斯蒂的世界"依旧永恒。也许马普尔小姐的故事提供了最好的范例:《藏书室女尸之谜》与《复仇女神》看起来颇为相似,但实际上它们的创作年代竟然相差了三十年。

最后,我想提三本书,在我心目中(除了上面提过的几本之外)这几本最能说明克里斯蒂为什么能够一直受到大家的喜爱。首先是《东方快车谋杀案》,最著名,也是最机智巧妙、最有人性的一本。当你在中国乘火车长途旅行时,不妨拿出来读读吧!第二本是《谋杀启事》,一个马普尔小姐系列的故事,也是克里斯蒂的第五十本著作。这本书里的诡计是我个人最喜欢的。最后是《长夜》,一个关于邪恶如何影响三个年轻人生活的故事。这本书的写作时间正是我最了解她的时候。我能体会到她对年轻人以及他们生活的世界关心至深。

现在新星出版社重新将这些故事奉献给了读者。无论你最爱的是哪一本,我都希望你能感受到这份快乐。我相信这是出版界的一件盛事。

阿加莎·克里斯蒂外孙
阿加莎·克里斯蒂有限责任公司董事长
马修·普理查德
二〇一三年二月二十日

阿加莎·克里斯蒂侦探小说全集㊸

波洛圣诞探案记
Hercule Poirot's Christmas

[英] 阿加莎·克里斯蒂 著
孙蓓雯 译

新星出版社　NEW STAR PRESS

目 录

1	第一部分	十二月二十二日
41	第二部分	十二月二十三日
61	第三部分	十二月二十四日
161	第四部分	十二月二十五日
187	第五部分	十二月二十六日
215	第六部分	十二月二十七日
261	第七部分	十二月二十八日

亲爱的詹姆斯[①]：

你一直是我最忠实、最宽容的读者之一，因此，收到你的批评时我感到极为不安。

你抱怨说我写的谋杀太文雅了——事实上就是缺少血腥。你渴望一起"血淋淋的暴力谋杀"，一件不容置疑的谋杀案。

这就是特别为你而创作的故事。希望它能让你满意。

爱你的妻妹

阿加莎

[①]此处的詹姆斯应为阿加莎的姐夫 James Watts。

第一部分　十二月二十二日

1

斯蒂芬竖起外衣的领子，沿着站台轻快地走着。头顶的雾气笼罩着整个车站，巨大的引擎发出洪亮的嘶嘶声，把大团大团的蒸汽吐进阴冷潮湿的空气中。一切都是脏脏的，蒙上了污浊的烟尘。

斯蒂芬厌恶地想着：多么肮脏的国度，多么肮脏的城市！

他对伦敦最初的兴奋感——那些商店、饭馆和穿着入时的迷人女郎——已荡然无存，现在他看到的这座城市，就像一枚闪闪发光的人造宝石，镶嵌在肮脏的底座上。

假如他现在身在南非……想到这里，他突然感到一阵思乡的痛楚。阳光，蓝天，开满鲜花的花园，清新的蓝色花朵，白花丹篱笆，每家每户的房子上都爬满了蓝紫色的牵牛花。

而这里——泥土、煤尘，还有无止境的、奔流不息的人群——他们挪动、赶路、推搡，就像奋力奔向蚁山的蚁群。

一时间他想：我要是没来就好了……接着，他想起了此行的目的，嘴巴马上抿成一条冷酷的线。不，见鬼！他一定要继续下去！他已经计划了好几年，这是他一直想做的——将要做的事。对，他一定要继续下去！

那一瞬间的犹疑，突如其来的对自己的质问——为什么要这么做？值得吗？为什么深陷过去不放？为什么不能忘掉所有的事情——全都是软弱作怪。他不再是一个孩子了——不能因为一时的念头而做这做那。他是一个四十岁的男人，充满自信，意志坚定。他一定会继续下去，实现此次英格兰之行的目的。

他登上火车，沿着过道走，寻找一个空位。他挥挥手打发走一个行李搬运工，自己拿着生牛皮质的行李箱，一个车厢一个车厢地查看。这趟车已经满满当当的了。离圣诞节还有三天。斯蒂芬·法尔不愉快地看着拥挤的车厢。

人！没完没了、数不清的人！而且都是那么……那么……那个词怎么说的来着？都面目可憎！那么相似，相似得可怕！这些人看起来可不像绵羊或兔子那样温顺。他们中的一些喋喋不休、大惊小怪；还有一些体态臃肿的中年男人，哼哼唧唧的，更像是猪；就连那些身子细长、鹅蛋脸、嘴巴涂抹得鲜红的女孩子，也一模一样得令人沮丧。

他的心中突然升起了一种渴望，渴望南非广袤的草原、炽烈的阳光、荒无人烟的……

然而，刹那间，正向一个车厢望去的他屏住了呼吸。那个姑娘完全不同：乌黑的头发，细腻的奶油色皮肤，眼睛像午夜一样深邃、一样黑。那种忧郁而高傲的眼神是南方人所特有的，这样的女郎绝不该出现在这群乏味、可憎的人当中——她就不该来到这沉闷的英格兰中部地区。她应该倚在一个阳台上，嘴里衔着一朵玫瑰花，高傲的头上披着黑色的蕾丝头纱，周围的空气中应该弥漫着尘土、热浪还有血的味道——正是那斗牛场的味道……她应该出现在那些华丽辉煌的地方，而不是挤进三等车厢的一个角落。

斯蒂芬是一个善于观察的人，此时他也没有忽略她那身寒酸的黑色套装、劣质的线织手套、薄薄的鞋子，以及颇具挑衅意味的火红色手袋。但他依旧认为她光彩照人。她靓丽、美妙,具有一种异国情调……

她来这个多雾、寒冷,充斥着忙碌的小蚂蚁的国家干什么?

他想:我一定要知道她是谁,来这儿干什么。我一定要……

2

皮拉尔缩着身子紧贴窗户坐着,心想英国人怎么会有股这样的怪味儿呢……这是迄今为止英格兰给她的最深感触,完全不同的气味。这里没有大蒜的味道,没有泥土的气息,香水的芬芳微乎其微。此时,这个车厢里是一种窒闷的寒冷气息——火车散发出的硫黄味,一种肥皂的气味和另一种让人非常不舒服的气味。她认为那气味来自于坐在她身边的那个肥胖女人的毛领子。皮拉尔微微吸了吸鼻子,不情愿地吸进一些樟脑球的难闻气味。她暗想:为自己选择这样一种香型可真够可笑的。

汽笛长鸣,火车伴随着响亮的声音颤颤巍巍地开出了车站。出发了,她上路了。

她的心跳稍微加快了一些。会顺利吗?她能完成该做的事吗?一定会的,一定,一切都考虑周全了……她为一切可能做好了准备。哦,是的,她会成功的——她肯定会成功的……

皮拉尔红唇的弧线微微上扬,使那张嘴突然变得冷酷起来。冷酷而贪婪——就像一个孩子或者一只猫的嘴—— 一张只知道自己的欲望而不知怜悯的嘴。

她带着一种孩子才有的毫不掩饰的好奇打量着四周。周围这些人,一共七个,他们是多么滑稽啊!这些英国人!他们看起来都很有钱,富有、阔气。瞧他们的衣服,他们的靴子。哦!正如她听说的那样，英国是一个富裕的国家，但也并非样样都好，对，很明显并非样样都好。

过道里站着一个英俊的男人。皮拉尔认为他长得非常帅。她喜欢他那古铜色的皮肤、高高的鼻子还有宽阔的双肩。凭借优于任何一个英国女孩的敏锐直觉，皮拉尔马上就看出这个男人也很欣赏她。虽然她并没有直接看过他一眼，可她很清楚他一直在频频打量着她。她记住了他的样子。

她不动声色地注意着这个事实，并不太感兴趣。在她的国家，男人看女人是理所当然的，而且从不会过分掩饰。她怀疑他不是英国人，最后认定他不是。

作为一个英国人来说，他太活泼，太有生气了，皮拉尔这样想。可他又是白种人，很可能就是个美国人。他就像——就像西部电影里的男演员。

一位列车员走过过道。

"第一顿午餐，第一顿午餐，请大家去用餐。"

皮拉尔这个车厢里的七位乘客都持有第一次午餐的招待券。他们纷纷起身离开，车厢里一下子变得冷清而安宁。皮拉尔赶忙把窗户拉起来——刚才被坐在对面的、看起来不太好惹的灰发女士放下来了几英寸——舒舒服服地靠在座位上，看着窗外伦敦北部的郊区景色。拉门发出声响时她没有回头去看。她知道是过道里的那个男人，显然，他进来是为了跟她搭话。

她依旧若有所思地望着窗外。

斯蒂芬·法尔说："你想把窗户全放下来吗？"

皮拉尔故作端庄地答道："正好相反，我刚刚把它打开。"

她的英语说得很好，只有一点轻微的口音。

在随后片刻的沉默中，斯蒂芬想：多么美妙的嗓音，带着阳光……就像夏夜一样温暖……

皮拉尔想：我喜欢他的声音，洪亮有力。他很吸引人——是的，他很吸引人。

斯蒂芬说："这趟火车可真够拥挤的。"

"哦，是的。人们都想离开伦敦。我想是因为那儿太灰暗了。"

皮拉尔所受的教育并不认为在火车上和一个陌生男人说话是一种罪过。她可以像别的姑娘一样矜持，但没有那么多禁忌。

如果斯蒂芬是在英格兰长大的，那他也许会因为和一个年轻女孩谈话而局促不安。但斯蒂芬是一个随和的家伙，他觉得自己想跟谁说话就跟谁说话，态度从容自然。

他不自觉地笑着说："伦敦真是个可怕的地方，不是吗？"

"哦，是的，我一点儿也不喜欢那儿。"

"我也是。"

"你不是英国人吧，对吗？"

"我是英国人，但我从南非来。"

"哦，我明白了，这就对了。"

"你刚从国外来吗？"

皮拉尔点点头。"我从西班牙来。"

斯蒂芬很感兴趣。

"你是从西班牙来的，真的吗？那么你是西班牙人？"

"一半是，我妈妈是英国人，所以我英语才说得这么好。"

"那儿的仗打得怎么样了？"斯蒂芬问。

"太可怕了，是的……令人悲痛。到处都被毁了，好多地方——是的。"

"你支持哪一边？"

皮拉尔的政治主张并不明确。她解释说，在她们村子里，没人关心打仗的事。"离我们不是很近，你明白吧。市长，作为一个政府官员，当然支持政府，教区神父则支持佛朗哥将军，但大多数百姓都忙着照料他们的葡萄园和土地，没时间去管这些事。"

"这么说，你们附近没怎么打？"

皮拉尔说过去是这样的。"可后来我坐上了一辆汽车，"她解释道，"发现国内遍地都是废墟。我亲眼看见一枚炸弹掉下来，炸了一辆车——是的，还有一枚炸毁了一所房子。那真是太刺激了！"

斯蒂芬·法尔露出的笑容微微有些扭曲。

"这就是你对战争的感觉吗？"

"确实挺烦人的，"皮拉尔说，"我想再了解一些，可我们的司机被炸死了。"

斯蒂芬看着她，说："这没让你感到不安吗？"

皮拉尔的黑眼睛睁得非常大。

"每个人都要死的，人生就是这样的，不是吗？被飞快地从天而降的炸弹——嘭地炸飞——像那样，又和其他的死法有什么不同呢？每个人只能活一阵儿，然后就要死掉。活在这个世界上就是这么回事。"

斯蒂芬·法尔笑了。

"我认为你不是一个和平主义者。"

"你认为我不是什么？"皮拉尔似乎因为这个不在她词汇表里的词而感到困惑。

"你会原谅你的仇人吗，小姐？"

皮拉尔摇摇头。

"我没有仇人，不过如果我有……"

"怎么样?"

他注视着她,再一次被她那上扬的、可爱却又无情的嘴角迷住了。

皮拉尔严肃地说:"如果我有仇人,如果他恨我而我也恨他,那我就会割断他的喉咙,像这样……"

她做了一个生动的手势。

斯蒂芬·法尔被她这个敏捷而粗鲁的手势吓得往后缩了缩,说:"你真是一个残忍的姑娘!"

皮拉尔淡淡地反问了一句:"那你会怎样对待你的仇人呢?"

他先是盯着她,然后大笑起来。

"我不知道,"他说,"我不知道啊!"

皮拉尔不满意地说:"你肯定知道。"

他止住笑,倒吸了一口气,低声答道:"对,我知道……"

然后他迅速地换了一种态度,问:"你到英格兰来干什么?"

皮拉尔非常端庄地答道:"我来这儿跟我的亲戚们住一阵子——我的英国亲戚。"

"我明白了。"

他靠在椅背上,仔细地打量着她——猜想她所说的那些英国亲戚什么样,他们将如何对待这个西班牙来的陌生人,并试图想象她在严肃的英国家庭里过圣诞节的情景。

皮拉尔问:"南非很不错,是吗?"

他开始给她讲有关南非的事。她就像一个孩子听故事一样,一脸愉悦地听着。他喜欢她提出的幼稚却机灵的问题,并被自己所编造的夸张童话故事逗乐了。

车厢里原来的乘客都回来了,这项娱乐也只好到此为止。他站起身,微笑着看着她的眼睛,又走回到过道里。

为了让一位上了年纪的太太进来，他退到门口处站了一会儿，目光落在一个明显是外国样式的廉价箱子挂着的行李签上。他饶有兴趣地默念着她的名字：皮拉尔·埃斯特拉瓦多斯小姐。但当他看见上面的地址时，他的眼睛因惊讶而睁大了，心中涌起一些说不清的感情——那上面写着：戈斯顿霍尔，朗代尔，阿德斯菲尔德。

他半转过身来，以全新的目光盯着那个女孩，脸上带着复杂的表情——迷惑，厌恶，怀疑……他走到过道上，站在那儿点着一根烟，皱起了眉头。

3

在戈斯顿霍尔蓝金色的宽敞客厅里,阿尔弗雷德·李正和妻子莉迪亚坐在那儿讨论圣诞节的计划。阿尔弗雷德是一个体形壮硕的中年人,有一张和善的脸和一双温柔的棕色眼睛。他说话时声音很轻,但吐字清楚。脖子总是缩着,给人一种奇怪的迟钝感。莉迪亚,他的妻子,是一个精力充沛、如灵缇犬一般纤瘦的女人。她瘦得令人难以置信,但动作灵敏,一举一动间透着一种小心翼翼的优雅。

她那张冷漠且憔悴的脸并不漂亮,但很有特色。她的嗓音非常迷人。

阿尔弗雷德说:"父亲坚持要这样!这是没办法的事。"

莉迪亚压抑住瞬间的焦躁,说道:"必须每次都向他妥协吗?"

"他上年纪了,亲爱的——"

"哦,我知道,我知道!"

"他希望能事事顺心。"

莉迪亚冷淡地说:"当然啦,因为他确实事事顺心!可是,阿尔弗雷德,你偶尔也该拒绝一下吧?"

"你这是什么意思,莉迪亚?"

他盯着她,明显被她说的话吓到了,显得很不高兴。她咬着嘴唇沉默了一会儿,似乎在犹豫要不要继续说下去。

阿尔弗雷德·李又重复了一遍："你这是什么意思，莉迪亚？"

她优雅地冲他耸了耸肩，小心翼翼地选择着恰当的词。

"你父亲……有些……专横。"

"他老了。"

"会越来越老，随之越来越专横。要到什么时候才是个头？他已经完全掌控了我们的生活，我们根本不能有自己的生活计划！哪怕有，也都会以失望告终。"

阿尔弗雷德说："父亲希望他能被我们放在第一位。他对我们很好，别忘了。"

"哦！对我们很好！"

"非常好。"

阿尔弗雷德的口气已经有点儿冷酷了。

莉迪亚平静地说："你指经济方面吗？"

"是的。他自己的开销非常少，但在钱的方面，他从不约束我们。你随便在衣服或房子上花钱，他付账的时候连吭都不吭一声。上个星期，他还给了我们一辆新车。"

"在钱的问题上，你父亲的确非常大方。这点我承认。"莉迪亚说，"但作为回报，他希望我们像奴隶一样服从他。"

"奴隶？"

"我用的正是这个词。你就是他的奴隶，阿尔弗雷德。如果我们计划出去，而你父亲突然希望我们不要去，你就会取消所有安排留下来，一声都不吭！如果他又突发奇想，想让我们离开，我们就得走……我们没有属于自己的生活——自己不能做主。"

她丈夫苦恼地说："我希望你别这么说，莉迪亚。这样很忘恩负义，我父亲为咱们做了那么多……"

她把反驳的话咽了回去，再次优雅地耸了耸瘦削的双肩。

阿尔弗雷德说："你知道，莉迪亚，老头子很喜欢你。"

他妻子则清楚明白地回应道："我可一点儿都不喜欢他。"

"莉迪亚，你这么说让我很难过。这样太无情了。"

"也许吧。可有些时候，事情会逼得人说实话。"

"要是被父亲知道……"

"你父亲很清楚我不喜欢他！而我认为，他觉得这很有意思。"

"真的吗？莉迪亚，我敢肯定你错了。他经常对我说起你对他有多好。"

"我自然得表现得礼貌周到。今后也会一直这样。我只想让你知道我的真实感受。我不喜欢你父亲，阿尔弗雷德。我认为他是一个恶毒而专横的老人。他欺负你，滥用你对他的爱。你早该站起来反抗了。"

阿尔弗雷德厉声道："够了，莉迪亚。请不要再说下去了。"

她叹了口气。

"对不起。也许我错了……咱们聊聊圣诞节的安排吧。你认为你弟弟戴维真的会来吗？"

"他为什么不来？"

她不确定地摇摇头。

"戴维他——很古怪。别忘了，他有好多年没进过这个家门了。他那么爱你们的母亲，这地方对他而言有种特别的感情。"

"戴维总是让父亲很恼火。"阿尔弗雷德说，"他那不切实际的音乐梦。父亲对他可能确实过于苛刻了，但我想，戴维和希尔达都会回来的。要知道，这可是圣诞节呀。"

"和睦友善。"莉迪亚说，小巧的嘴巴嘲讽地撇了撇，"我倒要看看！乔治和玛格达莱尼要来，他们说可能明天到。我担心玛格达莱尼会觉得没意思透了。"

阿尔弗雷德有些烦躁地说:"我真想不明白,为什么我那弟弟乔治要娶一个比他小二十岁的女人!乔治一直是个傻瓜!"

"他的事业非常成功,"莉迪亚说,"他的选民们喜欢他。我相信,在政治领域,玛格达莱尼非常努力地为他工作着。"

阿尔弗雷德慢悠悠地说:"我想我不太喜欢她。她长得非常漂亮——但有时候我觉得她就像那些看起来很好看的梨——像打了蜡一般光亮,还带点玫瑰色的红晕。"他摇了摇头。

"但里面却坏了?"莉迪亚说,"你会这么说可太好笑了,阿尔弗雷德!"

"有什么好笑的?"

她回答道:"因为你一向是个老好人。几乎从不说别人的坏话。有时候我甚至生你的气,因为你实在不够……哦,我该怎么说……不够有疑心,不够世俗!"

她的丈夫笑了。

"我一直觉得,这个世界什么样,是由你的想法决定的。"

莉迪亚尖刻地说:"不!罪恶并非只是人们想出来的。罪恶是真实存在的!你好像对这世界上的罪恶毫无知觉。但我知道,我能感觉到。一直能感觉到,就在这幢房子里。"她咬住嘴唇,别过脸去。

阿尔弗雷德说:"莉迪亚——"

但她迅速地抬起手阻止他继续说下去。她的视线越过他的肩膀,看着他身后的某个地方。阿尔弗雷德也转过头去。

一个肤色黝黑、一脸谄媚的男人,谦恭地站在那儿。

莉迪亚不客气地问:"什么事,霍伯里?"

霍伯里的声音很低沉,但那不过是为了体现恭敬。

"夫人,李先生让我告诉您,会多两位客人来这里过圣诞节,他问您能否为他们准备一下房间?"

莉迪亚说:"多两个客人?"

霍伯里流利地回答:"是的,夫人。一位先生和一位年轻女士。"

阿尔弗雷德非常惊讶:"一位年轻女士?"

"李先生是这么说的,先生。"

莉迪亚马上说道:"我要上去见他——"

霍伯里往前迈了一小步,虽然只是一个细小的动作,却有效地阻止了莉迪亚迅速的行动。

"对不起,夫人,李先生正在睡午觉。他特别盼咐过,不希望被打扰。"

"知道了。"阿尔弗雷德说,"我们当然不会去打扰他。"

"非常感谢,先生。"霍伯里退下了。

莉迪亚激动地说:"我太讨厌这个人了!他像只猫似的在房子里走来走去。他什么时候来、什么时候走你都听不见。"

"我也不太喜欢他,但他忠于职守。好的男陪伴兼护士可不好找。再说父亲喜欢他,这才是最主要的。"

"对,就像你说的,这才是最主要的。阿尔弗雷德,年轻女士是怎么回事。哪位年轻女士?"

她丈夫摇摇头。

"我想不出会是谁,连一个可能的人选都想不到。"

两人面面相觑,接着莉迪亚开口了,她那张富于表现力的嘴突然扭曲了一下。

"你知道我在想什么吗,阿尔弗雷德?"

"什么?"

"我认为你父亲最近有些无聊,因此,他想为自己策划一次小小的圣诞节。"

"所以邀请两个陌生人参加家庭聚会？"

"哦，我并不知道得那么清楚，但我认为，你父亲想给自己找点乐子。"

"我希望他能从中得到些乐趣。"阿尔弗雷德严肃地说，"可怜的老家伙，腿脚不利落。在经历了冒险生活之后，他成了一个残疾人。"

莉迪亚慢吞吞地重复道："在经历了——冒险生活之后。"

她在这个形容词之前稍微停顿了一下，赋予它一种暧昧不清的特别含义。阿尔弗雷德好像觉察到了这一点。他涨红了脸，看上去不太开心。

她突然提高了嗓门。

"他怎么会有你这样的儿子呢，我真难以想象！你们两个人截然不同，而他让你着迷——你简直崇拜着他！"

阿尔弗雷德略微有些恼怒，说道："你说得太过分了吧，莉迪亚？我认为，儿子爱他的父亲，这是很正常的事。否则才不正常呢。"

莉迪亚说："照你这么说，这个家里的大多数成员都不正常！噢，咱们别吵了！我道歉。我知道我伤害了你的感情。相信我，阿尔弗雷德，我真的不是故意的。我非常钦佩你的——你的忠诚。现如今，忠心耿耿是一种相当罕见的美德。这么说吧，就算是我嫉妒，好吗？既然女人注定嫉妒她们的婆婆，那为什么不能嫉妒公公呢？"

他伸出手臂，温柔地抱着她。

"你没管住自己的嘴巴，莉迪亚。你完全没必要嫉妒。"

她飞快地给了他一个悔意之吻，轻轻地吻上他的耳垂。

"我知道。同样的,阿尔弗雷德,对你的母亲我也没有一丝嫉妒之心。我多希望能认识她呀。"

"她是个可怜的人。"他说。

他妻子很感兴趣看着他。

"她就给你留下这样的印象吗,一个可怜的人?真有意思。"

他陷入回忆中,诉说着。

"我所记得的她,基本上一直病着,经常哭泣,"他摇了摇头,"她没有一丝生气。"

她凝视着他,温柔地低声道:"真怪……"

但当他向她投来不解的一瞥,她又飞快地摇了摇头,把话题岔开了。

"既然我们搞不清神秘的客人是谁,那我还是先出去把花园里的事做完吧。"

"外面很冷,亲爱的,寒风刺骨。"

"我会穿得暖和点。"

她离开了房间。只剩阿尔弗雷德·李一个人,他微微皱着眉头,一动不动地站了一会儿。然后走到房间里面的大窗户旁边,窗外是围着房子修建的露台。过了一两分钟,莉迪亚出现了,拿着一个平底篮子,身上裹着一件毛毯一样的外套。她放下篮子,开始在一个稍稍高出地面的方形石水槽里忙活起来。

阿尔弗雷德看了一会儿,走出房间,拿了外套和围巾,从侧门来到露台上。他顺着露台走,一路上散布着好几个做成盆景的石水槽,这些全部出自莉迪亚那双灵巧的手。

有一个沙漠风情的主题,铺着细细的黄沙,一小丛绿色的棕榈树种在染了色的铁皮罐里,还有一个骆驼队、一两个阿拉伯人偶和几幢黏土制成的泥浆房。一个是意大利花园盆景,有露台和开满鲜花的花床,全是用染了色的封蜡做的。还有一个是北极景观,用绿色玻璃做成冰山,还有一小群企鹅。接下来是日式庭院,有两棵漂亮的小矮树,镜子代表水面,还有黏土小桥。

最后他终于走到她身边。她正在工作,蓝色的纸铺在地上,上面压着玻璃,旁边是几块堆起的石头。此时她正从一个小袋子里往外倒粗糙的鹅卵石,想弄成海滩的样子。石堆之间有一些小仙人掌。

莉迪亚在自言自语。

"对,就是这样,和我想的完全一样。"

阿尔弗雷德说:"这件最新的作品是什么?"

她没注意到他的到来,因此吃了一惊。

"这个?噢,这是死海。阿尔弗雷德,你喜欢它吗?"

他说:"看起来相当贫瘠,不是吗?不该多来一点绿色植物吗?"

她摇摇头。

"我想象中的死海就是这样的。它'死'了,你懂吗——"

"不如其他那些好看。"

"它本来就没被设计成好看的。"

附近传来脚步声。上了年纪、一头白发、背有些驼的男管家正向他们走来。

"乔治·李太太打来电话,夫人,她问明天她和乔治先生五点二十到,方便吗?"

"方便。告诉她,完全没问题。"

"谢谢您,夫人。"

男管家匆匆离开了。莉迪亚望着他离去,脸上的表情越来越柔和。

"亲爱的老特雷西利安。他多么值得信赖啊！我无法想象要是没有他，咱们可怎么办。"

阿尔弗雷德表示同意。

"他是那种老派的家伙，跟着咱们差不多四十年了，他把一生都奉献给了我们。"

莉迪亚点点头。

"是的，他就像小说里那些忠心耿耿的老仆人。我相信，在必要的时候，为了保护这个家里的人，他会不顾一切的！"

阿尔弗雷德说："我相信他会……是的，我相信他一定会。"

莉迪亚把最后几块鹅卵石放好。

"好啦，"她说，"全准备好了。"

"准备什么？"阿尔弗雷德有些茫然。

她笑了。

"为圣诞节呀，傻瓜！为即将到来的这个情深意切的圣诞节家庭聚会。"

4

戴维正在读信。他刚把它揉成一团扔到一边,现在又捡了回来,重新展平读了起来。

他的妻子希尔达一言不发,静静地注视着他。她注意到他太阳穴部位的肌肉在抽搐(还是说那是凸起的青筋),细长的双手在微微颤抖,全身都在紧张地痉挛。最终,当他把总是垂在前额的一缕金发拂开,那双迷人的蓝眼睛望向她时,她已经准备好了。

"希尔达,我们该怎么办?"

希尔达犹豫了一下才开口。她听出了他声音中的迫切,深知他有多依赖自己——打从结婚起便如此——知道她会直接影响他最后的决定。正因如此她才格外谨慎,不想把事情说得太死。

她开口了,声音平静,带有能抚慰人心的力量,就像经验丰富的幼儿园阿姨。

"那要看你是怎么想的,戴维。"

希尔达,这个大块头女人,并不美丽,但有一种吸引力。她身上的某些东西就像一幅荷兰人画的风景画,嗓音温暖,讨人喜欢。她拥有一种坚强——深藏于心的坚韧,能够感染弱者。一个过分刚烈的矮胖的中年妇女,不机灵,也没什么才气,但有一些你不能忽视的东西。力量!希尔达·李拥有一种力量!

戴维站起身来在屋子里踱步。他的头发一点儿也没变白，长相有难以置信的孩子气，温和的脸庞就像伯恩-琼斯[①]笔下的骑士，有些……不真实。

他忧心忡忡地开了口。

"你知道我是怎么想的，希尔达，你一定知道。"

"我不确定。"

"但我告诉过你呀——一次又一次。我讨厌那里的一切。那所房子，乡下，以及相关的一切。它只会唤起我的痛苦回忆。我讨厌在那儿度过的每一分钟！当我想起它，就会想起我母亲受过的所有苦难……"

他妻子同情地点点头。

"她非常可爱，希尔达，非常有耐心。躺在那儿，即便痛苦，却忍耐着，承受着一切。而我的父亲，"他的脸色随之阴沉下来，"给她的一生带来不幸，羞辱她、炫耀他的艳遇。他时常对她不忠，甚至从不费心遮掩。"

希尔达·李说："她本不该这样忍气吞声，她应该离开他。"

他带着一丝责备的意味说道："她太善良了，不可能那么做。她认为留在那里是她的责任。再说了，那里是她家，她还能去哪儿呢？"

"她可以独立谋生。"

戴维烦躁地说："在那个时候是不可能的！你不明白。那时的女人是不会那样做的。她们包容一切，耐心地忍耐。她还得考虑我们。即使她和我父亲离了婚，会发生什么？他很可能会再婚，建立一个新的家庭，我们就会被扔到一边。所有这些她都必

[①]伯恩-琼斯（Edward Burne-Jones 1833–1898），新拉斐尔前派（又名牛津会）最重要的画家之一。

须考虑到。"

希尔达没答话。

戴维继续说了下去。

"不,她做得对。她是个圣人!她一直忍耐到最后——没有一丝抱怨。"

希尔达说:"她要是一点儿都不曾抱怨,你就不会知道这么多了,戴维!"

他的脸色好了些,声音也变得轻柔。

"是的。她告诉我了一些事,她知道我多么爱她。当她去世的时候——"

他顿住了,将双手插进头发里。

"希尔达,那太可怕了!堪称恐怖!凄惨悲凉!她那时还很年轻,本不该死的。是他杀死了她——我父亲!他要对她的死负责。他伤透了她的心。那时我便决定不要再与他同住一片屋檐下。我逃走了,远离那里的一切。"

希尔达点了点头。

"你的决定很明智,"她说,"你做了正确的选择。"

戴维说:"父亲想让我加入他的事业,但那就意味着要住在家里,我可忍受不了。我无法理解阿尔弗雷德是怎么忍受的,他这些年是怎么过来的。"

"他就从没反抗过吗?"希尔达颇感兴趣地问,"我记得你对我说过一些事,关于他如何放弃了别的职业。"

戴维点点头。

"阿尔弗雷德参了军。全是父亲安排好的。阿尔弗雷德,家里的长子,就要进骑兵团之类的地方。哈里加入他的事业,还有我。乔治去参政。"

"但事情并没有这么发展?"

戴维摇摇头。

"哈里打乱了一切!他非常放荡不羁。欠债,惹了各种各样的麻烦。最后,某一天,他拿着不属于他的几百英镑一走了之,留下张字条,说他不适合坐办公室,他要去看看世界。"

"从此你们就没再听到他的消息了吗?"

"噢,不,我们有。"戴维笑了,"我们经常能听到他的消息!他会从世界各地发来电报要钱,也总能得到!"

"阿尔弗雷德呢?"

"父亲让他退伍回来加入他的事业。"

"他介意吗?"

"刚开始的时候非常介意,他恨那份工作。但父亲总能把阿尔弗雷德玩弄于股掌之间。我相信,他现在依旧被父亲攥在手心里。"

"而你——逃脱了!"希尔达说。

"是的,我去了伦敦,学习绘画。父亲明白地告诉我,如果我去干这么一件蠢事,那么我只能得到很少的生活费,而他死后什么都不会留给我。我说我不在乎。他管我叫小傻瓜,然后就这样了!从那以后,我再没见过他。"

希尔达温柔地问:"你没后悔过吗?"

"没有,真的没有。我知道我在艺术上不会有多大的成就,我永远不会成为一个伟大的艺术家,但我们有这幢小别墅就够了。我们拥有想要的一切必需品。而如果我死了,保险受益人是你。"

他停了一会儿,又说:"可是现在,这个!"

他拍了一下那封信。

"如果这封信真的让你这么难受，我表示遗憾。"希尔达说。

戴维就像没听见她说的话似的，接着说下去。

"叫我带妻子回去过圣诞节。希望我们一家能聚在一起，过一个团圆的圣诞！这是什么意思？"

希尔达说："除了字面意思，还会有什么别的意思吗？"

他困惑地看着她。

"我的意思是，"她笑起来，说，"你父亲他年纪大了，开始因家庭这一牵绊而感伤。要知道，这是合理的。"

"我想是这样的。"戴维慢吞吞地说。

"他老了，而且非常孤单。"

他飞快地看了她一眼。

"你想让我去，对吗，希尔达？"

她慢悠悠地答道："如果不答应这个请求——好像很可惜。我想我是一个很守旧的人，那么圣诞节的时候，我们为什么不能友善和睦一点呢？"

"在我告诉你这些事之后你仍这么想？"

"我知道，亲爱的，我知道。但那些事都已经过去了，消逝了，终结了。"

"对我来说还没有。"

"是的，因为你不愿意让这一切过去。你让往事依旧活在记忆中。"

"我不能忘记。"

"你不愿忘记，这才是你的真实想法，戴维。"

他的嘴抿得紧紧的。

"我们都这样，我们李家的人。一件事情能记好多年，不停回忆，好让记忆永远栩栩如生。"

希尔达有点儿不耐烦地说:"这有什么可骄傲的吗?我可不这么想!"

他若有所思地看着她,似有深意。

他说:"你并不看重这样的专一。钟情于回忆,对吗?"

希尔达说:"我相信现在的事,而不是过去。如果我们一定要让往事保持鲜活,我想,最终我们会扭曲它。我们会夸大其词,以一种错误的眼光去看待往事。"

"我能清楚地记得那些日子里说过的每一句话和每一个细节。"戴维激动地说。

"是的,可你不该这样!亲爱的!这样不正常!你仍以一个孩子的眼光去看待那些事,而不是作为一个有气度的、有宽容心的绅士。"

"这又有什么不一样呢?"戴维问道。

希尔达犹豫了。她感觉到此时再说下去是不明智的,可有些话她又非常想说出来。

"我觉得,"她说,"你把你父亲看成一个妖怪了!但如果你现在见到他,很可能会发现他不过是一个普通人,一个也许已经失去了激情的人。尽管绝非毫无过错,但他也仅仅只是个人,而不是没有人性的怪物!"

"你不明白!他对待我母亲时——"

希尔达严肃地说:"有时候温柔、顺从,会激发男人身上最坏的东西。然而依旧是这个男人,会因为勇气和决心,变成完全不同的样子。"

"照你这么说倒是她的错——"

希尔达打断了他的话。

"不,我当然不是这个意思!你父亲的确待你母亲很不好,这一点我从未怀疑过。但婚姻是一件很特别的事，任何局外人——甚至包括他们的孩子在内，都没有权利评判。况且，你此时的愤怒怨恨，对你母亲都已于事无补。整件事都过去了，在你身后了！现在只剩下一个老人，身体衰弱，想让他的儿子回家过圣诞节。"

"你想让我去？"

希尔达迟疑了一下，然后突然下了决心。"是的，"她说，"我想让你去，从此永远摆脱那个妖怪。"

5

乔治·李，韦斯特林厄姆的下议院议员，是一位四十一岁、有点发福的绅士。他的眼睛是淡蓝色的，稍微有些外凸，总是带着怀疑的神情。他下巴强健，说起话来带着学究腔。

他正以郑重其事的态度说："我告诉过你，玛格达莱尼，我认为我有义务去。"

他的妻子不耐烦地耸耸肩。

她很苗条，拥有一头淡金色的秀发，一张光滑的鸭蛋脸，双眉仔细修成俏丽的样子。那张脸有时会一片茫然，不带一丝表情。她现在就是这个样子。

"亲爱的，"她说，"那一定很糟糕，我敢肯定。"

"而且，"乔治·李突然想到一个很妙的主意，神采飞扬地说了起来，"这样我们可以省下很大一笔钱。圣诞节期间的开销总是很大，这样我们就可以只给用人们一笔伙食费。"

"哦，得了吧，"玛格达莱尼说，"圣诞节无论去哪儿过都很糟糕！"

"我想，"乔治继续顺着自己的思路说下去，"他们很想吃一顿圣诞节大餐吧。或许不要火鸡，来一块上好的牛排？"

"谁？用人们？哦，乔治，别小题大做了，你总在为钱的事操心。"

"总要有人操心吧。"乔治说。

"对,可无论什么事都精打细算未免太荒谬了。你为什么不让你父亲再多给你些钱呢?"

"他已经给了我一笔可观的生活费了。"

"完全依赖父亲实在太糟糕了,就像你现在这样!他应该一次性给你一笔钱。"

"这不是他的办事方式。"

玛格达莱尼看着他,那双淡褐色的眼睛突然变得敏锐而精明,毫无表情的鸭蛋脸上也瞬间起了变化。

"他非常有钱,不是吗,乔治?他一定是个百万富翁,是吗?"

"我相信,相当于两个百万富翁。"

玛格达莱尼嫉妒地叹了口气。

"他是怎么赚到那么多钱的?在南非吗?"

"对,他早年在那里赚了一大笔。主要是钻石。"

"太刺激了!"玛格达莱尼说道。

"然后他来到英国,进军商业,财产又翻了两倍甚至三倍,我想是这样的。"

"他死后会怎样呢?"玛格达莱尼问。

"父亲从没提过这件事,而其他人当然不能去问。我猜想大部分钱会归阿尔弗雷德和我,阿尔弗雷德自然会多一些。"

"你还有别的兄弟吧,是吗?"

"是的,还有个弟弟戴维。但我不认为他会得到多少。他离开家去搞艺术之类的蠢事了。我记得父亲警告过他,如果他那样做就把他从遗嘱名单中去掉,可戴维说他不在乎。"

"多傻啊!"玛格达莱尼轻蔑地嘲笑道。

"我还有个姐姐,詹妮弗,她跟了一个外国人——一个西班牙艺术家，戴维的朋友。但她一年前死了，留下了一个女儿。父亲也许会给她点儿钱，但不会有多少的。当然，还有哈里……"

他停住了，似乎有点儿尴尬。

"哈里？"玛格达莱尼很惊讶，"哈里是谁？"

"哦，呃，我弟弟。"

"我怎么不知道你还有个弟弟。"

"亲爱的，他不是什么……嗯……光彩的事，对我们家而言。我们从不提他。他行为可鄙。我们已经有好些年没听到他的消息了，他没准儿已经死了。"

玛格达莱尼突然笑了起来。

"怎么了？你笑什么？"

玛格达莱尼说："我只是觉得很好笑，你，乔治，怎么会有一个声名狼藉的兄弟！你是如此受人尊敬。"

"我也不希望如此。"乔治冷冷地说。

她眯起眼睛。

"你的父亲，不太正派，乔治。"

"你说什么，玛格达莱尼！"

"有时候他说的一些话让我觉得很不舒服。"

乔治说："真的吗？玛格达莱尼，你让我很吃惊。嗯，莉迪亚也这么觉得吗？"

"有些话他不会对莉迪亚说的。"玛格达莱尼说完又恼怒地补充道，"不，他从不对莉迪亚说那样的话，我不明白这是为什么。"

乔治飞快地瞥了她一眼，又迅速地把目光移开。

"哦，"他暧昧不清地说，"有时候你需要体谅一下，在父亲这个年纪，健康状况又这么差。"

乔治停下来。他妻子问道:"他真的……病得很重吗?"

"哦,其实我并不这么觉得,他还是相当硬朗。还是那句话,既然他希望全家人都陪在他身边一起过个圣诞节,我认为我们就应该去。这也许是他的最后一个圣诞节了。"

她尖刻地说:"你嘴上这么说,乔治,可我想,实际上他还能再活好几年吧?"

她的丈夫微微吃了一惊,结结巴巴地答道:"是、是的,当然有这个可能。"

玛格达莱尼扭过脸去。

"哦,好吧,"她说,"我希望我们这么做是对的。"

"对此我毫不怀疑。"

"可我讨厌去那儿!阿尔弗雷德沉闷乏味,莉迪亚又总是冷落我。"

"胡说。"

"她就是的!我还讨厌那个野兽一般的男仆。"

"老特雷西利安?"

"不,是霍伯里。像猫一样轻手轻脚地走来走去,还一脸假笑。"

"是吗,玛格达莱尼?我看不出霍伯里会对你有什么影响。"

"他只是让我神经紧张,没别的。不过我们别再浪费时间了。我明白,我们肯定得去。我们不能惹怒那个老头。"

"对,没错,你说到点子上了。那么,关于用人们的圣诞晚餐——"

"现在我不想讨论这个。乔治,换个时间再说吧。现在,我要打电话给莉迪亚,告诉她我们会在明天下午五点二十左右到。"

玛格达莱尼匆匆离去。打完电话之后,她上楼回到自己的房间，坐在桌子前，把活动桌面掀开，在一堆格子里翻着。账单像小瀑布一样涌出，玛格达莱尼整理着，试图将它们分门别类。最后，伴随着一声不耐烦的叹息，她又把它们卷了起来，扔回到原来的地方。她抬起一只手，摸了摸自己柔顺的金发。

"我到底该怎么办？"她喃喃自问。

6

在戈斯顿霍尔的二楼，一条长长的走廊通向一间可以俯瞰门前车道的房间。那个房间里全是富丽堂皇的旧式家具。那儿有厚重的织锦墙纸，有皮革包裹的昂贵扶手椅，有龙纹浮雕的大花瓶，还有青铜雕像……每一样东西都豪华、奢侈、结实。

在全屋最宽大威风的老人椅上，坐着一个干瘪瘦小的老人。他那长长的、像爪子一样的手，放在椅子的扶手上，身边放着一根镶金的手杖。他穿着一件破旧的蓝色晨衣，脚上是一双绒毡拖鞋。他的头发全白了，脸上的皮肤却黄黄的。

你或许会觉得，这是一个不起眼的寒酸家伙。但他那高傲的鹰钩鼻，灵活有神的黑眼睛，可能会让旁观者改变看法。你能看到激情、生气和活力。

老西米恩·李像被什么逗乐了一样，突然咯咯咯地放声大笑。

接着他说："嗨，把我的口信带给阿尔弗雷德夫人了吗？"

霍伯里就站在他的椅子边，温顺谦恭地答道："是的，先生。"

"就按照我跟你说的那样，一字不差，是吗？"

"是的，先生，我没犯任何错误。"

"对，你不会出错，也最好不要出错——否则你会后悔的！她是怎么说的，霍伯里？阿尔弗雷德先生又是怎么说的？"

霍伯里平静地，不带感情色彩地复述了事情的经过。老人再次哈哈大笑起来，搓着手。

"太好了……棒极了……他们会一直猜测、疑惑——整整一下午！太好了！我现在要叫他们上来，去让他们上来。"

"是的，先生。"

霍伯里无声无息地穿过房间，走出了门。

"还有，霍伯里——"

老人看了看四周，然后暗暗地骂了一句。

"这家伙走起路来像只猫，你从来不知道他在哪儿。"

他一直一动不动地坐在椅子里，用手抚摸着下巴。直到敲门声响起，阿尔弗雷德和莉迪亚走了进来。

"啊，你们来啦，快来，坐在这儿。莉迪亚，亲爱的，坐在我身边。你的气色真好！"

"我刚才出去了一下，外面很冷，暖和过来后脸颊火辣辣的。"

阿尔弗雷德说："您怎么样，父亲，下午休息得好吗？"

"棒极了——棒极了，梦见了过去的好日子！那时我还没安定下来，成为社会的中坚阶层。"

他突然咯咯地笑起来。

他的儿媳默默地坐在那儿，出于礼貌脸上挂着微笑。

阿尔弗雷德说："怎么回事，父亲，还有两位客人要来过圣诞节？"

"啊，这个！是的，首先你们要知道，对于我来说，这将是一个盛大的圣诞节——盛大的圣诞节。让我想想，乔治和玛格达莱尼要来——"

莉迪亚说："对，他们明天五点二十到。"

老西米恩说："可怜的蠢蛋，乔治！什么都不行，只会说废话。可他是我的儿子。"

阿尔弗雷德说:"选民们喜欢他。"

西米恩又笑了。

"他们也许认为他诚实——诚实!李家还没出过一个诚实的人呢!"

"别这么说,父亲。"

"你排除在外,我的儿子,除了你以外。"

"戴维呢?"莉迪亚问。

"戴维嘛……过了这么多年,我倒是很好奇他什么样了。年轻时他多愁善感得可笑。我想知道他妻子什么样?不管怎样,他没有娶一个比他小二十岁的女人,像那个傻瓜乔治一样!"

"希尔达的信写得很好,"莉迪亚说,"我刚刚又收到她的一封电报,说他们明天一定到。"

她的公公看了看她,那敏锐的一瞥颇有穿透力。

他笑了。

"什么事情都离不开莉迪亚啊。"他说,"我不得不说,莉迪亚,你是一个很有教养的女人。教养是可以看出来的。我知道得很清楚。不过,遗传真是件有趣的事,这个家里只有你一个人像我——其他都是垃圾。"

他的目光闪动起来。

"现在来猜猜谁会来过圣诞节。我给你们三次机会,赌五英镑你们猜不出来。"

他轮流看着两个人。阿尔弗雷德皱着眉头说:"霍伯里说您在等一位年轻女士。"

"这一定让你们非常困惑——是的,我敢打赌。皮拉尔随时会到,我叫车去接她了。"

阿尔弗雷德严肃地反问："皮拉尔？"

西米恩说："皮拉尔·埃斯特拉瓦多斯——詹妮弗的女儿，我的外孙女。我想知道她什么样。"

阿尔弗雷德叫了出来："老天！父亲，您从没说起过……"

老人正咧着嘴笑。

"是的，我想要保密！我安排查尔顿写信、安排这件事。"

阿尔弗雷德又说了一遍，语气里既有伤心又含着责备的意味。

"您从没对我说起过……"

他的父亲开口了，仍然不怀好意地咧嘴笑着。

"为了勾起你们足够的好奇心！你觉得这个家的新鲜血液会是什么样？我从没见过埃斯特拉瓦多斯，这个女孩长得会像谁呢，母亲还是父亲？"

"您真的认为这样做明智吗，父亲？"阿尔弗雷德又开口了，"综合各方面考虑——"

老人打断了他的话。

"安全，安全。你考虑得太多了，阿尔弗雷德！你总是这样！这并不是我的作风！想做什么就他妈的做什么！这才是我！这个女孩是我的外孙女，家里唯一的第三代。我不在乎她的父亲是谁或他做过什么！她是我的骨肉我的血脉！她要住在这儿，我的家里！"

莉迪亚尖锐地问："她要住在这里？"

老人飞快地扫了她一眼。"你反对吗？"

她摇摇头，笑着说："这是您的房子，您想叫什么人住我怎么会反对，我会吗？不，我只是不知道，她——"

"她——你什么意思？"

"她会乐意住这儿吗？"

老西米恩昂起头。

"她身无分文,应该对此感激不尽!"

莉迪亚耸了耸肩。

西米恩转向阿尔弗雷德。

"明白了吗?这将是一个盛大的圣诞节聚会!所有的孩子都在我身边,所有的孩子!这就是我给你的线索,阿尔弗雷德,现在来猜猜另一个客人是谁。"

阿尔弗雷德盯着他。

"我所有的孩子啊!猜猜,儿子!当然是哈里!你弟弟哈里!"

阿尔弗雷德的脸一下子白了,他结结巴巴地说:"哈里……不可能是他……"

"正是哈里!"

"可据我们所知,他已经死了!"

"他没有!"

"您,您想让他回到这儿来,在发生了那一切之后?"

"浪子回头,对不对?没错,肥牛犊!我们一定要宰一头肥牛犊,阿尔弗雷德,我们要隆重地欢迎他回家!"①

阿尔弗雷德说:"他那样对您,以及我们大家。那么可耻。他……"

"别再细数他犯下的罪过了!会是一个很长的清单。可这是圣诞节,别忘了,是宽恕的时候!我们欢迎浪子回家。"

阿尔弗雷德站起身来,嘟囔着。

---

①典故出自《圣经·路加福音》,耶稣讲的寓言之一。故事大意为一个父亲把财产平分给两个儿子,小儿子携财离家,挥霍一空,结果饥肠辘辘,恨不得拿猪吃的豆荚来充饥。最后他回到家时已经奄奄一息,对自己的放荡行为懊悔不已,而他的父亲则不计前嫌,仍然热情地迎接了他,还为他宰杀肥牛犊。洁身自好的哥哥对此耿耿于怀,父亲就向他说明了浪子回头的重要性。

"这真令人……震惊。我从没想过哈里还会走进这个门。"

西米恩探身向前。

"你一直不喜欢哈里,对吗?"他柔声问道。

"在他那样对您之后——"

西米恩咯咯地笑了。他说:"啊,过去的事就让它过去吧,这正是圣诞节的精神,对不对,莉迪亚?"

莉迪亚的脸色也变得惨白,她干巴巴地说:"我看出您今年为圣诞节准备了很多。"

"我希望全家人都在身边,和睦友好。我是个老人。你要出去了吗,亲爱的?"

阿尔弗雷德匆忙走了出去,莉迪亚等了等,没有马上跟过去。

西米恩看着他离开的身影,点了点头。

"这件事让他心烦意乱。他和哈里从小就合不来,哈里以前总嘲笑阿尔弗雷德,管他叫老乌龟。"

莉迪亚张开嘴,想说点什么,但当她看到老人渴望的神情时,又把话吞了回去。她看得出,她的自我克制让他失望了。察觉到这个事实后,她忍不住说:"龟兔赛跑。嗯,最后获胜的是乌龟。"

"不总是这样,"西米恩说,"不总是这样,我亲爱的莉迪亚。"

她仍然微笑着,说:"请原谅,我要去看看阿尔弗雷德,突发事件总会让他不适应。"

西米恩咯咯地笑着。

"是的,阿尔弗雷德不喜欢变化,他一直是个喜欢一成不变的老顽固。"

莉迪亚说:"阿尔弗雷德非常爱您。"

"而你觉得这很奇怪,对吗?"

"有时候，"莉迪亚说，"的确是的。"

西米恩目送着她离开了房间。

他搓着两只手，轻声地咯咯笑着。"有意思，"他说，"目前为止都很有意思！我要好好享受这个圣诞节。"

他努力站起身来，依靠手杖的支撑，拖着脚步穿过房间。

他来到房间角落的一个大保险箱前，转动着密码转盘上的把手。门开了，他颤抖着双手伸进去摸索。

他拿出一个软皮做成的小袋子，打开，倒出一捧没加工过的钻石。

"啊，美丽的东西，啊……还是老样子——还是我的老朋友。那些好时光——美好的日子……我不会让他们把你们切割打磨，我的朋友。你们不该挂在那些女人的脖子上，或戴在她们的手指、耳朵上。你们是我的！我的老朋友！有些事情只有你知我知。他们说我老了，又有病，可我还没完蛋呢！我这个老家伙还能活很久。而且生活中还会有乐子，有的是……"

第二部分　十二月二十三日

1

门铃很少见地一声接一声地响着，特雷西利安去开门。当他像往常那样慢悠悠地穿过大厅的时候，门铃又响了起来。

特雷西利安涨红了脸。怎么会有人如此粗鲁、如此不耐烦地按一户绅士家的门铃！如果是那些新来的唱诗班的家伙，他可要说说他们。

透过大门上部的毛玻璃，他能看见那人的轮廓——一个戴着宽边软帽的男人。他开了门，正如他所想的，是一个俗气、贫穷的陌生人。他的衣服上印着令人厌恶的图案——这个吵闹、无耻的乞丐！

"这不是特雷西利安嘛！"陌生人开口道，"你好吗，特雷西利安？"

特雷西利安直直地凝视着来人，深深地吸了口气，再次努力辨认。那方方正正的骄傲下巴、高挺的鼻梁、含着笑意的眼睛。是的，三年前他曾见过，只是那时此人要比现在收敛一些……

他吸了口气，说："哈里先生！"

哈里·李笑了。

"看起来我让你吃了一惊。为什么？你知道我要来吧，不是吗？"

"是的，没错，先生。当然，先生。"

"那你怎么还这么吃惊？"哈里后退了一两步，打量着房子——这栋巨大的红砖建筑，没什么创意，但非常坚固。

"这幢老房子还是那么丑陋。"他评论道，"但重要的是，它还没倒。我父亲怎么样，特雷西利安？"

"基本上残废了，先生。整日待在他的房间里，不怎么到处走动。但就一个病人来说，他的状况非常好。"

"这个老浑蛋！"

哈里·李走进屋，让特雷西利安帮他解下围巾，摘下那顶夸张的帽子。

"我亲爱的哥哥阿尔弗雷德怎么样，特雷西利安？"

"他很好，先生。"

哈里咧嘴笑了。

"他想见我吗，嗯？"

"我想是的，先生。"

"我可不这么想！恰恰相反。我敢打赌我要回来这件事让他大吃一惊！阿尔弗雷德和我一向合不来。你还读《圣经》吗，特雷西利安？"

"怎么了？当然，先生，有时候读。"

"记得那个关于浪子回头的寓言吗？那个好哥哥不高兴，记得吗？完全不喜欢！我敢打赌，待在家里的老阿尔弗雷德也不会高兴的。"

特雷西利安沉默地低下头，僵直的后背表现出他的不满。哈里轻轻地拍了拍他的肩。

"带路吧，老家伙，"他说，"肥牛犊等着我呢！带我到那儿去。"

特雷西利安小声说道："请您先到客厅去，先生。我不知道大家都在哪儿……他们没能来迎接您,先生,因为不知道您确切的抵达时间。"

哈里点点头,跟着特雷西利安走过门厅,一边走一边左顾右盼地看。

"我注意到,所有的家具都还摆在老地方。"他发表意见,"我相信自我二十年前离开,这里没发生过任何变化。"

他随着特雷西利安走进客厅。

老人喃喃道:"我去看看能不能找到阿尔弗雷德先生或夫人。"说完就匆匆出去了。

哈里·李大踏步地走进房间,接着停下脚步,盯着坐在一扇窗边的身影,疑惑的目光在那头乌黑的秀发和充满异国情调的奶油色肌肤上游走。

"上帝啊!"他说,"你是我父亲最美丽的第七任太太吗?"

皮拉尔从窗边滑下来,走到他面前。

"我是皮拉尔·埃斯特拉瓦多斯,"她自我介绍道,"而你一定是我的哈里舅舅,我母亲的兄弟。"

哈里盯着她,说道:"原来你是詹妮弗的女儿!"

皮拉尔说:"你为什么问我是不是你父亲的第七任妻子?他真的有过六个妻子吗?"

哈里笑了。

"不,我相信他只有一个,一个正式的。那个——皮——你叫什么来着?"

"皮拉尔。"

"噢,皮拉尔。在这座阴森的陵墓里看到像你这样的妙龄美女真是让我吓了一大跳。"

"这座——陵——什么?"

"这座陈列填充标本的博物馆！我一直觉得这房子恶心极了！如今回到这里，我觉得它比以前更恶心了！"

皮拉尔的语气显得很吃惊。

"噢，不，这儿很漂亮！家具都很好，还有地毯——到处都是厚厚的地毯——还有那么多装饰品。所有东西都那么好，而且非常非常豪华！"

"这点你倒是说对了。"哈里说着，咧开嘴笑了。他饶有兴味地看着她："你知道吗，我忍不住幻想你和那群——"

此时，莉迪亚快步走进房间。他赶忙闭上嘴，没再说下去。

她径直向他走去。

"你好，哈里，我是莉迪亚——阿尔弗雷德的妻子。"

"你好，莉迪亚。"他和她握握手，迅速地打量了一下她那张表情丰富的、机灵的脸，打心眼儿里赞赏她走路的姿态——很少有女人能走得这么好看。

莉迪亚也匆匆地打量着他。

她想：他看上去就像个好斗的恶棍——但也很有魅力。我可半句话也不会相信他……

她笑着说："过了这么多年，这儿看起来怎么样？是很不一样还是老样子？"

"差不多还是老样子。"他环视四周，"这间重新装修过了。"

"嗯，搞了好多次。"

他说："我是说被你……你让它——变得不一样了。"

"是的，我希望如此……"

他咧嘴朝她笑着。这个突然浮现的顽皮笑容让她想起楼上的老人，因此吃了一惊。

"现在这儿更有品位了！我听说老阿尔弗雷德娶了个姑娘，

她的家族是和征服者①一起来到英国的。"

莉迪亚笑了,她说:"我想是这样的,但我的家族已经不复从前了。"

哈里说:"老阿尔弗雷德怎么样?还像原来一样,是个老顽固吗?"

"我不知道你会不会觉得他有什么变化。"

"其他人呢?分散在英国各地?"

"不——他们全在这儿,过圣诞节。"

哈里的眼睛瞪大了。

"旧式的圣诞节家庭聚会?这老家伙怎么啦?他一向看不起沟通感情之类的事,我也不记得他这么关心过他的家庭。他一定是变了。"

"也许吧。"莉迪亚的声音里不带任何感情。

皮拉尔在旁边看着这一切,眼睛睁得大大的,显然是被吸引住了。

哈里说:"老乔治怎么样,还那么抠门儿吗?以前要是让他从口袋里拿出半便士来,他都会叫个没完!"

莉迪亚说:"乔治现在在议会工作,是韦斯特林厄姆的议员。"

"什么?金鱼眼在议会?天哪,不错啊。"

哈里仰着头大笑起来。

那笑声非常洪亮。在这个空间有限的房间里,那不受控制的笑声听起来有些突兀。皮拉尔倒吸了一口气,莉迪亚则有些畏缩。

---

①指威廉一世,被称为"King William I the Conqueror"。

就在这个时候,觉察到身后有动静,哈里止住大笑,猛然转过身去。他没有听到任何人进来的声音,可阿尔弗雷德已经静静地站在那儿了。他正看着哈里,脸上带着古怪的表情。

哈里站着愣了一会儿,笑容慢慢地爬上他的嘴唇。他向前走了一步。

"啊,"他说,"阿尔弗雷德啊!"

阿尔弗雷德点点头。

"你好,哈里。"他说。

他们站在原地,盯着对方。莉迪亚屏住了呼吸,心想:多荒唐啊,就像两条狗看着彼此……

皮拉尔的眼睛睁得更大了。她对自己说:他们傻站在那儿看上去太可笑了……他们为什么不拥抱呢?噢,当然了,英国人不会那样做的。但他们总可以说点儿什么吧,为什么只是看着对方呢?

最终哈里先开口了。

"嗯,呃,回到这儿,我感觉很古怪!"

"我想是的。对,已经过去好多年了,自打你……离开。"

哈里抬起头,用手摸着下巴。那是他的一个习惯动作,意味着挑衅。

"是的,"他说,"我很高兴又回到……"他顿了一下,好让这一停顿强化接下来这个词的意义,"家。"

2

"我想,我曾经是,一个非常恶毒的人。"西米恩·李说。

他靠在椅背上,一根手指不自觉地敲打着扬起的下巴。在他面前,熊熊火光跳动闪烁着。他旁边坐着皮拉尔,手里拿一小片纸板,用来遮起脸、挡住火光。时不时地,她会灵活地转动手腕,轻轻地给自己扇扇风。西米恩满意地看着她。

他接着说了下去,更像是自言自语,而不是说给女孩子听。但由于她在场,让他说得更起劲了。

"是的。"他说,"我曾经是一个恶毒的人。对此你有什么想法吗,皮拉尔?"

皮拉尔耸耸肩。她说:"所有的男人都很坏,修女们都这么说,所以我们才要为他们祈祷。"

"啊,我要比大多数人更坏。"西米恩笑了,"但我并不感到后悔。不,我一点儿悔意都没有,因为我很开心——每时每刻!人们常说当你老了就会忏悔,全是胡说八道!我才不会忏悔呢!就像我跟你说过的,我什么事都干过,最传统意义上的坏事!我欺诈、偷窃、撒谎……天哪,是的!还有女人,少不了女人!有人曾告诉我,一个阿拉伯酋长,有一个由儿子们组成的四十人的警卫队——而且差不多都是一样的年纪!啊哈!四十个!我不知道我有没有四十个,可我敢打赌,如果我有心去找,也会有一支人数相当可观的警卫队！皮拉尔，你怎么想？吓了一跳吗？"

皮拉尔盯着她。

"不，我为什么要吃惊呢？男人总是渴求女人。我的父亲也一样。正因为这个，妻子们才会经常不快乐，才常常要去教堂祈祷。"

老西米恩皱起眉头。

"我让阿德莱德很不幸福，"他说，声音近乎耳语，像在喃喃自语一般，"天哪，那是怎么样的一个女人啊！我把她娶回来的时候，她肤色白里透红，漂亮得像画上的人一样！可后来呢？整日哭哭啼啼地抹眼泪。妻子没完没了地哭泣，会激起男人体内的邪恶……缺乏勇气，这正是阿德莱德的问题所在。要是她能站起来反抗我……可她没有，一次也没有。我坚信在我和她结婚的时候，我是决定安顿下来、供养一个家的——和过去的生活一刀两断……"

他的声音渐渐消失了，眼睛凝视着炫目的火焰中心。

"养家。天哪，可这是个什么样的家啊！"他发出一阵刺耳的笑声，"看看他们，看看他们！没有一个孩子能靠得住！他们到底是怎么了？难道他们身上流的不是我的血吗？不管是婚生的还是私生的，没有一个儿子靠得住！就比如阿尔弗雷德吧，苍天在上，我都快被他无聊死了！总是像只狗一样看着我，随时准备听从我的旨意。天哪，真是一个傻瓜！他的妻子，对，莉迪亚，我喜欢莉迪亚。她有点精气神儿，虽然她不喜欢我。是的，她不喜欢我，但为了那个傻瓜阿尔弗雷德，她不得不忍受我。"他看着火边的女孩儿，"皮拉尔，记住，没有什么比全心全意地奉献更让人厌烦的了。"

她冲他微笑。他又接着说了下去，她的年轻气息和温柔的女性魅力让他觉得很舒服。

"乔治呢？乔治怎么样？一根木头！一条肚子里塞满了废物的鳕鱼！一个没有脑子、没有胆量、华而不实的空皮囊，而且只会在钱的问题上斤斤计较！戴维呢？戴维一直是个傻瓜，傻瓜加空想家。他妈妈一直最疼戴维。他所做过的最明智的事，就是娶了个可靠的、看起来挺顺眼的女人。"他放下戳下巴的手，砰的一声拍在椅子的边缘，"哈里是他们之中最优秀的。可怜的老哈里，不务正业！可不管怎么说，他有活力！"

皮拉尔表示赞同。

"是的，他很好，他总是笑，大声地笑，笑得头向后仰。噢，是的，我很喜欢他。"

老人看着她。

"你喜欢他，真的吗，皮拉尔？哈里对女孩子总是有一手，从我这儿遗传来的。"他笑了起来，一阵带着喘气声的轻笑。"我这辈子过得不错，非常不错，可以说事事如意。"

皮拉尔说："西班牙有句谚语，翻译过来意思大概是，'上帝说：你可以随心所欲，但要付出相应的代价。'"

西米恩赞同地在椅子扶手上拍了一下。

"说得好。事情就是这样的。随心所欲。我就是这么干的，一辈子这样，想怎么样就怎么样……"

皮拉尔接着说了下去，声音尖细、清晰，而且咄咄逼人。

"那你为此付出代价了吗？"

西米恩止住了笑，坐直身子瞪着她："你说什么？"

"我说，你为此付出代价了吗，外公？"

西米恩慢慢地说：

"我——不知道。"

然后，他一拳砸在椅子扶手上，勃然大怒。

"你为什么这么问，丫头？你为什么这么问？"

皮拉尔说："我……只是想知道。"

她那只拿着硬纸板的手僵在那儿，漆黑的眼睛深不可测。她坐在那儿，头微微后仰，清楚地知道如何发挥自己身上的女性魅力。

西米恩说道："你这个该死的小丫头……"

她温柔地说："可你喜欢我，外公。你喜欢我坐在这儿陪你。"

西米恩说："是的，我喜欢。我很久没看到年轻美丽的东西了……这对我有好处，让我这把老骨头觉得热乎乎的……而且你又是我的骨肉血脉……詹妮弗不错，事实证明她才是最出色的一个！"

皮拉尔坐在那儿，微笑着。

"不过我要提醒你，你可糊弄不了我，"西米恩说，"我知道你为什么能耐心地坐在这儿听我絮叨。是为了钱。都是为了钱，否则你还会装作很爱你的老外公吗？"

皮拉尔说："不，我并不爱你，我只是喜欢你，非常喜欢你。你一定要相信，因为这是真的。我想你以前确实很坏，可这我也喜欢。你比这所房子里的其他人都真实，而且你说的事情都很有意思。你到处旅行，生活就像一次探险。如果我是一个男人，我也希望能那样生活。"

西米恩点点头，

"是的，我相信你会的。以前总听人说，我们家族有吉卜赛人的血统，但在我的孩子们中并没怎么表现出来，除了哈里。可我认为在你身上显露出来了。不过你要当心，在必要的时候，我可是很有耐心的。我曾为了报复一个人，等了足足十五年，因为他伤害过我。这也是我们李家人的一个特点，不会轻易忘记！为了报仇，他们可以等上好多年。一个人骗了我，我等了十五年，终于等到机会出手了。我毁了他，让他倾家荡产！"

他轻声笑了。

皮拉尔说："是在南非吗？"

"对，伟大的国家。"

"你后来回去过吗？"

"结婚后，我又回去待了五年，那是我最后一次去那儿了。"

"在此之前呢？你在那儿待过很多年？"

"是的。"

"给我讲讲那儿的事吧。"

他开始讲，皮拉尔继续用纸板遮着脸，听着。

他语速缓慢，语调疲惫。

"等一下，我给你看样东西。"

他小心翼翼地站了起来，拄着手杖，一瘸一拐地慢慢穿过房间。他打开那个大保险箱，转过身来，招呼皮拉尔过去。

"来，看看这个。感受一下，让它们从你的指间滑过。"

他注视着她那张惊奇的脸，笑了起来。

"知道它们是什么吗？钻石，孩子，是钻石。"

皮拉尔睁大了眼睛，弯下腰去说道："它们不是小鹅卵石吗，仅此而已？"

西米恩大笑起来。

"它们是未经切割的钻石，保持着开采出来的样子——就是这样。"

皮拉尔怀疑地问："如果对它们进行切割，就变成真正的钻石了？"

"当然啦！"

"它们会闪闪发光、光彩夺目?"

"闪闪发光,光彩夺目。"

皮拉尔孩子气地说:"噢——噢——噢,我不敢相信!"

西米恩被逗乐了。

"千真万确。"

"它们很值钱吧?"

"非常值钱,未经切割很难说确切值多少钱,但无论如何,这一小捧都要值上几千英镑呢。"

皮拉尔一字一顿地说:"几——千——英——镑?"

"九千到一万英镑吧——你看,它们都是大颗的钻石。"

皮拉尔的眼睛睁得大大的:"那你为什么不把它们卖了呢?"

"因为我喜欢把它们放在这儿。"

"为什么不放一大笔钱啊?"

"我并不缺钱。"

"噢,我明白了。"皮拉尔看上去被震撼了。

她接着说:"那你为什么不切割它们,让它们更漂亮呢?"

"因为我更喜欢它们现在这样。"他的脸部线条突然变得冷酷。他转向一边,开始自言自语:"它们会带我回到过去——那种触感,通过手指传达的感受……一切重新回到我眼前,那阳光、草原的气息、牛群、老埃比——所有的兄弟们,还有那些夜晚……"

这时,响起了轻轻的敲门声。

西米恩说:"把它们放回到保险箱里,关上门。"

然后他叫道:"进来。"

霍伯里走了进来,毕恭毕敬,悄无声息。

"楼下的茶点准备好了。"

3

希尔达说:"原来你在这儿,戴维,我一直在到处找你。别待在这个房间了,这儿实在太冷了。"

戴维有一会儿没有答话。他正站在那儿看着一张躺椅,缎子坐垫已经褪色了。他突然开口了:

"这是她的椅子。她以前总是坐在这张椅子上,还是老样子——和原来一样。只是有些褪色,这也理所当然。"

希尔达的额头出现了一丝皱纹,她说:"我知道。可我们还是从这儿出去吧,戴维,这儿真是太冷了。"

戴维无动于衷。他环视四周,说:"她大部分时间都坐在这儿,我还记得我坐在那张凳子上,让她给我读书。《巨人捕手杰克》,是这个——《巨人捕手杰克》,我那时肯定有六岁了。"

希尔达紧紧地挽起他的手臂。

"回客厅去吧,亲爱的,这间屋里没有暖气。"

他顺从地转过身,但她感觉到他在微微地颤抖。

"还是老样子,"他喃喃道,"还是老样子,就好像时间静止了一样。"

希尔达看上去很担心,她用一种愉快的语调说道:"不知道其他人都上哪儿去了,差不多快到喝茶的时间了。"

戴维把手臂抽出来,打开了一扇门。

"这儿以前有台钢琴……噢,对,它在那儿!不知道它的音还准不准。"

他坐下来,打开琴盖,手指轻轻地滑过琴键。

"是准的,显然一直有人给它调音。"

他开始弹奏。他弹得很好,旋律从他的指间飘了出来。

希尔达问:"这是什么曲子?我好像知道,但记不清了。"

他说:"我有些年没弹过了。她以前常常弹这支曲子,是门德尔松的一首无词歌。"

这甜蜜的旋律——有点过于甜蜜了——回荡在房间里。希尔达说:"弹点莫扎特吧,好吗?"

戴维摇摇头,开始弹另一首门德尔松的曲子。

然后他突然乱弹一气,发出一阵不成调的刺耳乐声。他站起身来,全身都在颤抖。希尔达向他走去。

她说:"戴维,戴维。"

他应道:"没什么,没什么……"

4

门铃咄咄逼人地响了起来。特雷西利安站起身来,从餐具室慢慢地走向门口。

铃声又响了起来。特雷西利安皱起眉头,透过门上的毛玻璃,看见一个戴着宽边软帽的男人的侧影。

特雷西利安摸了摸额头,觉得很不安,好像所有事情都会重复两次。

此情此景之前肯定发生过,肯定……

他拉开门闩,打开了门。

铃声这才停住。站在门口的男人开口道:"西米恩·李先生是住在这儿吗?"

"是的,先生。"

"我想见他,谢谢。"

特雷西利安脑中一段模糊的记忆被唤醒了。这声调让他想起很久以前,李先生刚来英格兰的时候。

特雷西利安迟疑地摇了摇头。

"李先生病得很重,先生。他不怎么见客了。如果你——"

陌生人打断了他的话。

他拿出一个信封,递给管家。

"请把这个交给李先生。"

"好的,先生。"

5

西米恩·李拿起信封，抽出一张信纸。他看起来很惊讶，眉毛扬了起来，但很快又笑了。

"太棒了！"

他又对管家说："带法尔先生到这儿来，特雷西利安。"

"好的，先生。"

西米恩说："我刚才还在想那个老埃比尼泽·法尔呢，他是我在金伯利①时的合伙人，而这会儿，他的儿子就来了。"

特雷西利安再次出现时带来了法尔先生。

斯蒂芬·法尔带着一丝紧张的神情进了屋，试图以虚张声势来掩盖紧张，但明显过分了。他说："李先生？"就在这一刻，他的南非口音比刚才要明显得多。

"很高兴见到你，你就是埃比的儿子？"

斯蒂芬·法尔羞涩地咧嘴一笑。

"这是我第一次到这个古老的国家，父亲一直嘱咐我，如果来英国一定要拜访您。"

"很好。"老人看看身边，"这是我的外孙女，皮拉尔·埃斯特拉瓦多斯。"

---

①南非中部的城市。

"你好。"皮拉尔端庄地说。

斯蒂芬·法尔钦佩地想：这个冷静的小魔鬼，她见到我时的惊讶之情只是让她晃了一下，几乎看不出来。

他很郑重地说："很高兴认识你，埃斯特拉瓦多斯小姐。"

"谢谢。"皮拉尔说。

西米恩·李说："坐下来，跟我讲讲你自己。你会在英格兰待很长时间吗？"

"噢，既然到了这儿，我可不打算匆忙地离开！"

说完他仰头笑了起来。

西米恩·李说："说得对。你一定要和我们一起，在这儿住一阵子。"

"噢，您瞧，先生。我可不能在这儿叨扰太久，还有两天就是圣诞节了。"

"你一定要跟我们一起过圣诞节——除非已经有别的计划了？"

"啊，不，我没有，但我不想……"

西米恩说："那就这么定了。"他转过头去，"皮拉尔？"

"怎么了，外公。"

"去告诉莉迪亚，我们又多了一位客人。叫她来这儿一趟。"

皮拉尔离开了房间，斯蒂芬目送着她。西米恩欣喜地注意到了这一点。

他说："你是从南非千里迢迢来这儿的吗？"

"正是。"

他们开始聊起那个国家。

几分钟之后，莉迪亚来了。

西米恩说："这位是斯蒂芬·法尔，是我的老朋友兼合伙人埃比尼泽·法尔的儿子。他要在这儿和我们一起过圣诞节,你能为他准备个房间吗?"

莉迪亚笑了。

"当然。"她仔细打量着这个陌生人的长相:古铜色的皮肤、蓝色的眼睛,以及略微后仰的头。

"这是我的儿媳。"西米恩说。

斯蒂芬说:"真不好意思。这样贸然拜访,打扰您的家庭聚会。"

"你也是这个家的一员,我的孩子,"西米恩说,"你应该这么想。"

"您真是太好了,先生。"

皮拉尔回来了。她安静地坐到火炉前,拿起那片硬纸板,慢慢地摇动手腕,把它当成扇子扇。她低垂着眼帘,显得娴静端庄。

第三部分　十二月二十四日

1

"你真的希望我待在这儿吗,父亲?"哈里问道,头向后仰着,"我觉得我像捅了个马蜂窝。"

"你这是什么意思?"西米恩严厉地问。

"阿尔弗雷德老哥,"哈里说,"好兄弟阿尔弗雷德!他,讨厌我住在这儿,如果我可以这么说的话。"

"这个该死的,他敢!"西米恩恶狠狠地说,"我才是这个家的主人。"

"没用的,一家之主先生,我想你依赖着阿尔弗雷德。我不想惹——"

"你照我说的做。"他父亲恶狠狠地说道。

哈里打了个哈欠。

"不知道我能不能适应居家生活,对一个曾浪迹天涯的人来说,这种生活令人窒息。"

他父亲说:"你最好结婚、安定下来。"

哈里说:"我去跟谁结婚?真可惜,我不能跟外甥女结婚。小皮拉尔可真是迷死人了。"

"你也注意到了?"

"说到安顿,目前为止,胖乔治看起来干得不错。他老婆之前是做什么的?"

西米恩耸耸肩。

"我怎么会知道？我想，乔治是在一次时装表演上遇见她的。她说她父亲是一名退役的海军军官。"

哈里说："可能是某条近海汽船上的二副吧。乔治要是不小心点的话，和她在一起会有很多麻烦。"

西米恩·李说："乔治，就是个笨蛋。"

哈里说："她嫁给他是为了什么呢——为了钱？"

西米恩又耸耸肩。

哈里说："好吧，你觉得你可以摆平阿尔弗雷德？"

"我们很快就可以把这件事了结。"西米恩冷酷地说。

他按了一下旁边桌子上的铃。

霍伯里马上就出现了。西米恩说："叫阿尔弗雷德先生到这儿来。"

霍伯里走了出去，哈里拖着长音说："这家伙刚才在门外偷听！"

西米恩耸耸肩。

"也许吧。"

阿尔弗雷德急急忙忙地赶来，看见弟弟时脸部抽搐了一下，然后完全不理会哈里，目标明确地说："您找我，父亲？"

"对，坐下。我正在想我们需要重新安排一下，因为现在家里又多了两个人。"

"两个人？"

"皮拉尔要在这儿定居，这是理所当然的。另外，哈里最好也住在家里。"

阿尔弗雷德反问："哈里要住在这儿？"

"为什么不呢，哥哥？"哈里说。

阿尔弗雷德骤然转向哈里。

"我以为你自己知道得很清楚！"

"这样啊，那对不起——我不知道。"

"在发生过那样的事情之后？你那些可耻的行径，那些丑事……"

哈里轻描淡写地摆了摆手。

"那些都是过去的事了，老兄。"

"父亲为你做了那么多，你却那么恶劣地对待他。"

"听着，阿尔弗雷德，我突然想到这其实是父亲的事，与你无关。如果他愿意原谅我并且忘记——"

"我愿意。"西米恩说，"要知道，再怎么说哈里都是我的儿子，阿尔弗雷德。"

"是的，可是，我不喜欢这样。我是为了父亲您好。"

西米恩说："哈里要住在这儿！这是我所希望的。"他把一只手温柔地放在哈里的肩上，"我很喜欢哈里。"

阿尔弗雷德起身离开了房间，脸色惨白。随后哈里也站起来，跟着走了出去，一脸笑意。

西米恩坐在那儿暗自发笑。他突然一惊，环顾四周："哪个该死的藏在那儿？噢，是你，霍伯里，别总这样偷偷摸摸的。"

"对不起，先生。"

"没关系。听着，我有件事要让你办一下。我希望午饭之后，所有人都到我这儿来——所有人。"

"是，先生。"

"还有，他们上来的时候，你要跟着一起。到走廊中间的时候，你弄出点声音让我能听见。随便什么动静都行，明白吗？"

"是，先生。"

霍伯里来到楼下，对特雷西利安说："我们即将过一个快乐的圣诞节了。"

特雷西利安一本正经地问："你这是什么意思？"

"等着瞧吧，特雷西利安。今天是平安夜，多么美妙的圣诞气氛——才怪！"

2

他们走到房间门口,停下脚步。

西米恩正在讲电话,冲他们摆了摆手。

"你们都进来坐下,我马上就打完了。"

然后他对着听筒接着说了下去。

"是查尔顿、霍奇金斯和布鲁斯事务所吗?是你吗,查尔顿?我是西米恩·李。对,对……不,我想让你为我立一份新遗嘱……是的,那份旧遗嘱是我好些年前立的了……情况有变化……哦,不,不着急,我可不想打扰你的圣诞节。圣诞节后的第一个工作日,或者再之后一天,到我这儿来,我会告诉你我想怎样。不,这样就行了,我不会马上就死的。"

他挂上电话,看看家里的八位成员,然后笑着说道:"你们看起来都阴沉沉的,出什么事啦?"

阿尔弗雷德说:"您叫我们来……"

西米恩很快说道:"哦,抱歉,没什么特别的事。你们以为要开家庭会议吗?不,我今天很累了,仅此而已。晚饭过后你们谁都不用上来了,我要上床休息,我要为圣诞节养精蓄锐。"

他朝他们咧嘴笑着。

乔治恳切地说:"当然啦,当然……"

西米恩说:"圣诞节是最古老的习俗,它能增强家庭的凝聚力。你怎么想,玛格达莱尼,亲爱的?"

玛格达莱尼·李跳了起来。她那张有些可笑的小嘴张开又合上了。她说:"噢……噢,是的!"

西米恩说:"依我看,你一直和一个退役的海军军官住在一起——"他顿了一下,"也就是你的父亲。只有两个人,是过不好圣诞节的。圣诞节需要一个大家庭。"

"啊……嗯……对,也许是这样的。"

西米恩的目光越过了她。

"这个时候我可真不想说什么扫兴的话,但是乔治,我恐怕要减少一些你的生活费了。日后我这里需要更多的钱来维持开销。"

乔治的脸涨得通红。

"您瞧,父亲,您不能这么做!"

西米恩柔声道:"噢,我不能吗?"

"我的经济负担已经很重了——非常重。如果再减少,我真不知道该怎样才能维持收支平衡。除非严格地减少开支。"

"让你的妻子多想想办法。"西米恩说,"女人都善于处理这种事。她们总能想到男人做梦都想不到的省钱办法。而且一个聪明的女人应该会自己做衣服。我的妻子,我记得她的针线活儿做得很好。她干什么都很在行——一个好女人,就是无聊得要命……"

戴维一下子跳了起来。他父亲说:

"坐下,儿子,你会撞到东西的。"

戴维说:"我母亲——"

西米恩说:"你母亲的脑子小得像虱子,而在我看来,她把这一点遗传给了她的孩子们。"他突然站起身来,两团红晕爬上脸颊，声音变得尖厉而刺耳，"你们都一文不值！每一个！我受够你们了！你们不是男人！你们是懦夫——一群多愁善感的懦夫。皮拉尔一个就能顶你们中的随便两个！我相信这世上的某个地方还有一个我的儿子，比你们任何一个都强。你们只不过是碰巧生对了地方！"

"好了，父亲，可以了。"哈里嚷道。

他已经跳起来站在那儿，平日里笑眯眯的脸上此时眉头紧锁。西米恩狠狠地说："你也一样！你都做过什么好事？从世界各地冲我献媚、要钱！我告诉你们，我看见你们就恶心！全部滚蛋！"

说完他坐下来，靠在椅背上，有些气喘。

家人一个接一个、慢慢地走了出去。乔治满脸通红，愤怒至极；玛格达莱尼看起来被吓坏了；戴维面色惨白，浑身发抖；哈里咆哮着走出了房间；阿尔弗雷德像在做梦一样；莉迪亚跟在他后面，头抬得高高的；只有希尔达在门口停了一下，又转身慢慢地走了回来。

她审视着西米恩。他睁开眼睛时发现她站在那儿，不禁吃了一惊。她站在那儿一动不动，冷静的样子透出一种威胁的意味。

他暴躁地说："怎么啦？"

希尔达说："收到你的信之后，我相信了你在里面写的话。你说圣诞节的时候想让家人陪在身边。于是我就说服戴维过来了。"

西米恩说："嗯，然后呢？"

希尔达慢悠悠地说："你的确想让家人陪在你身边，但目的并不是你原来说的那样！你想要他们都在这儿，是为了对他们随便发泄，是不是？上帝保佑，你对有趣的理解竟然是这样的！"

西米恩咯咯笑了，说："我的幽默感一直很特别。我并不指望谁能欣赏这个玩笑，反正我很开心！"

　　她一言不发。西米恩·李感到一种莫名的恐惧，厉声问道："你在想什么？"

　　希尔达·李慢慢地说："我怕……"

　　西米恩说："你怕……怕我？"

　　希尔达说："不是怕你，是替你害怕！"

　　她转身离去，就像一个已经完成宣判的法官。她迈着缓慢而沉重的脚步，径直走出了房间。

　　西米恩坐在那儿，凝视着房门。

　　随后他站了起来，向保险箱走去，嘟囔着："让我来看看我的美人儿们。"

3

差一刻八点的时候门铃响了。

特雷西利安去开门。回到餐具室时,他发现霍伯里在那儿,正挨个拿起托盘上的咖啡杯,看上边的标记。

"谁啊?"霍伯里说。

"萨格登警司——留神,你在干什么呀?"

霍伯里把一个咖啡杯掉到了地上,发出"哐当"一声。

"这下好了,"特雷西利安惋惜地说,"我负责清洗这些杯子十一年了,从来没打碎过一个。现在你跑来乱动你根本不该碰的东西,瞧瞧你都干了些什么!"

"对不起,特雷西利安先生,实在抱歉。"霍伯里道着歉,脸上全是汗,"我不知道是怎么搞的。你刚才是说来了个警司吗?"

"对——萨格登先生。"

贴身男仆那苍白的嘴唇间吐出一句话。

"他——他来干什么?"

"为警方的孤儿院筹款。"

"噢!"男仆松了口气,声音明显自然多了,"他拿到了吗?"

"我把登记簿拿上去给李先生,他让我带警司上去,并拿些雪利酒放到桌子上。"

"每年的这个时候,来要钱的总是特别多。"霍伯里说,"我必须为那老家伙说句话,抛开他其他的很多毛病,他其实很慷慨。"

特雷西利安威严地说:"李先生向来是一位非常大方的绅士。"

霍伯里点点头。

"他的最佳优点!好了,我要走了。"

"去看电影?"

"我想是的。回头见,特雷西利安先生。"

他从通向仆人房的门出去了。

特雷西利安抬头看了看挂在墙上的钟。

接着他走进饭厅,把热毛巾卷放到餐巾上面。

在确定一切准备就绪之后,他敲响了大厅里通知开饭的锣。

最后的锣声刚刚停歇,那位警司走下楼来。萨格登警司是一个高大英俊的男子。他穿着一套扣得紧紧的蓝色制服,一副自命不凡的样子。

他友好地说:"我敢说今天晚上会下霜。好事儿,最近的天气一直不太正常。"

特雷西利安摇着头说:"潮湿会勾起我的风湿病。"

警司说风湿是一种很痛苦的疾病,特雷西利安把他送出了前门。

老管家把门关好,慢慢地回到大厅里。他用手揉着眼睛,叹了口气,接着挺直身板。他看到莉迪亚走进客厅,乔治·李正从楼上下来。

特雷西利安等在一旁,当最后一位客人——玛格达莱尼也走进客厅时,他便站了出来,低声说:"晚餐准备好了。"

对于女士们的着装,特雷西利安是一个颇有自己看法的鉴赏家。每当他拿着玻璃水瓶,绕着桌子服侍时,总会特别留意女士们穿的晚礼服,暗自品评一番。

他注意到，阿尔弗雷德夫人穿上了黑白色调、有花朵图案的新塔夫绸礼服。设计大胆，引人注目，但不是人人都能驾驭得了，在她身上就很好看。乔治夫人穿的裙子曾是一件样板裙，这一点他非常肯定，因此她一定花了不少钱。他很纳闷乔治先生怎么会愿意付那么多钱！乔治先生一向不喜欢花钱——从没喜欢过。轮到戴维夫人了，一位很漂亮的女士，可是不怎么会穿衣服。对于她的身材来说，黑色平绒是最合适的。而花丝绒，又是深红色，真是糟糕的选择。接下来是皮拉尔小姐，她穿什么都无所谓，凭借身材和一头秀发，穿什么衣服都好看。哪怕像现在这样只穿一件薄薄的、廉价的白外套，依旧能马上吸引李先生的注意！他已经被她的美貌迷住了。每一位绅士上了年纪之后都会这样，一张年轻的面孔就可以完全控制他。

"白葡萄酒还是红葡萄酒？"特雷西利安谦恭地在乔治夫人耳边小声问着，同时眼角的余光注意到沃尔特，那个男仆，又把蔬菜在肉汁之前端上来了——都已经跟他说过多少回了！

特雷西利安端着蛋奶酥，绕着桌子走着。此刻他对女士们的礼服的兴趣，以及沃尔特的过失引发的焦虑都成了过去，他觉得今晚每个人都很安静，但又不是单纯的沉默。哈里先生已经夸夸其谈了二十分钟——噢，不，不是哈里先生，是那个从南非来的绅士。别的人也在说话，只是一阵一阵的，总感觉有股怪异的气氛围绕着这群人。

比如说阿尔弗雷德先生，他看上去好像生了重病，要不就是受了打击之类的。他看起来迷迷糊糊的，只是把盘子里的食物翻来翻去，却一点儿也没吃。女主人呢，她很为阿尔弗雷德先生担心，特雷西利安看得出来。她一直隔着桌子望着他——不那么明显，当然啦，只是静悄悄地。乔治先生脸很红，狼吞虎咽地吃着。他一向如此，不在意食物的滋味。他要是再不小心的话，总有一天会中风的。乔治夫人没吃东西，是在节食减肥吗？很有可能。皮拉尔小姐好像吃得很开心，她对食物很满意，和那位南非来的绅士有说有笑。他很可能被她迷住了，他们俩好像什么心事也没有。

戴维先生？特雷西利安很替他担心。从相貌上说，他真的很像他母亲，而且依旧年轻得出奇。但他极易神情紧张，瞧，他把自己的杯子打翻了。

特雷西利安把杯子拿开，利索地擦干酒渍。一切都收拾好了。戴维先生好像都没注意到他干了些什么，只是脸色苍白地坐在那儿，瞪着前方。

说到脸色苍白，刚才在餐具室里，霍伯里听到来了个警察时，他那副样子真够可笑的，就像——

特雷西利安的思绪突然被打断了，沃尔特把正端着的盘子里的一个梨弄掉了。现在的男仆真是不行！他们再这么下去就只能当马夫了！

他开始端着酒壶绕桌斟酒。哈里先生今晚好像有点儿心不在焉，不停看向阿尔弗雷德先生。他们俩之间从来就没有过所谓的兄弟之谊，从小就这样。哈里先生，当然了，一直是他父亲最喜爱的孩子，而这让阿尔弗雷德先生耿耿于怀。李先生没怎么关心过阿尔弗雷德先生，真可怜，阿尔弗雷德先生一直全心全意地爱着他的父亲。

阿尔弗雷德夫人站起来，绕着桌边走开了。这件塔夫绸礼服的设计真是美妙，那件斗篷非常适合她。一位非常优雅的夫人。

特雷西利安回到餐具室，关上餐厅的门，让男士们尽情享用餐后酒。

他端着咖啡托盘走进客厅,四位女士坐在这儿,让他感觉很别扭。她们都一言不发。他静静地上了咖啡。

他又走出了客厅,正准备回餐具室的时候,听见餐厅的门开了。戴维·李从里面走出来,穿过大厅向客厅走去。

特雷西利安回到餐具室,向沃尔特发出了严重警告。如果再这么莽撞,这家伙就别干了!

剩特雷西利安独自一人待在餐具室了,他坐下来,疲惫极了。

他觉得情绪低落,在平安夜,却有种紧张不安的气氛……他不喜欢这样!

他努力站起身来,去客厅收拾咖啡杯。房间里空空荡荡,只剩下莉迪亚在房间尽头的窗边,身子半边躲在窗帘里,站在那儿看着窗外的夜色。

从隔壁房间传来钢琴声。

戴维先生在弹琴。特雷西利安暗想:戴维先生弹的是《葬礼进行曲》吗,为什么弹这首曲子啊?确实是这支曲子。噢,事情真的越来越不对劲了。

他慢慢地穿过客厅,回到了他的餐具室。

这时,他听到头顶上传来嘈杂声:瓷器被打碎的声音,家具倒地的声音,乒乒乓乓的。

天啊!主人在干什么?上面到底发生了什么事啊?

就在这时,传来一声尖叫,清晰而尖厉——那是一声令人恐惧的尖锐哭号,最终消失在既像噎住了,又像咯咯笑的声音中。

特雷西利安被吓坏了,站在原地愣了一会儿。然后他跑到大厅,爬上宽阔的楼梯。其他人也跑出来了。房子的任何地方都能听见那尖厉的叫声。

他们疯狂地冲上楼梯,经过一个壁龛——里面摆放着几座闪着白光的恐怖雕像——沿着笔直的走廊来到西米恩·李的房门前。法尔先生和戴维夫人已经在那儿了。她背靠墙站着,他正在转动门把手。

"门锁着,"他说,"门是锁着的!"

哈里·李挤过来,抓过门把手又拧又推。

"父亲,"他喊道:"父亲,让我们进去。"

他举起手,大家都静静地听着。没有任何回音,门里没有任何声音。

大门的门铃响了,可谁也没心思去应门。

斯蒂芬·法尔说:"我们得把这扇门撞开,这是唯一的办法了。"

哈里说:"会是一项艰巨的任务,这些门都非常坚固。来吧,阿尔弗雷德。"

他们气喘吁吁,神情紧张,最后找来了一条橡木长凳,用它不断撞门。门终于被撞开了,铰链也断开,从门框脱落。门向内倒了下去。

一时间众人挤作一团,拼命向里张望。他们所看见的景象是在场的每一个人都永生难忘的……

显然,这里发生过一场激烈的搏斗。笨重的家具都翻倒在地,瓷花瓶摔在地上,碎片四散。火光摇曳的壁炉前,地毯的正中央,西米恩·李躺在一片血泊之中。血溅得到处都是,这地方简直就像个屠宰场。

有人发出一声长长的、带着颤音的叹息,接着先后响起两个声音。诡异的是,他们都引用了一段。

戴维·李说:"天网恢恢……"

莉迪亚颤抖着低语。

"可是谁想到这老头儿会有这么多血……"

4

萨格登警司已经按了三遍铃了。最后,他不顾一切地砰砰砰地砸起了门环。

吓坏了的沃尔特终于来开门了。

"呃。"他说,看上去松了一大口气,"我正要给警察局打电话呢。"

"为什么?"萨格登警司急切地问,"发生什么事了?"

沃尔特悄声说:"是老李先生,他被人谋杀了,在……"

警司推开管家,跑上了楼梯。他走进案发的房间,没有人注意到他的到来。当他走进房间的时候,看见皮拉尔正弯下腰,从地板上捡起什么东西。他还看见戴维·李站在那儿,双手捂着眼睛。

警司看到别的人全都凑在一起。只有阿尔弗雷德·李一个人,站在他父亲的尸体旁边。他站得非常近,低头看着,脸上没有表情。

乔治·李郑重地说:"什么也不准动。记住,所有的东西——在警察赶来之前。这是最重要的!"

"借过,让一让。"萨格登说。

他向前挤去,轻轻地把女士们推到一边。

阿尔弗雷德·李认出了他。

"啊,"他说,"是你,萨格登警司,你来得真快。"

"是的,李先生。"萨格登警司没有浪费时间去解释,"这是怎么回事?"

"我父亲,"阿尔弗雷德·李说,"被杀了,是谋杀——"

他的话音断了。

玛格达莱尼突然歇斯底里地抽泣起来。

萨格登警司像模像样地举起一只手,宣称:"除了李先生和……呃,乔治·李先生,其他的人,能否请先离开房间?"

众人缓缓向门口走去,不情不愿地,就像一群羊。萨格登警司突然拦住了皮拉尔。

"对不起,小姐。"他亲切地说,"这里的所有东西都不能动,也不能碰。"

她瞪着他。斯蒂芬·法尔不耐烦地说:"当然了,她知道的。"

萨格登警司的态度依旧亲切:"你刚才从地板上捡起了什么东西?"

皮拉尔睁大了眼睛,瞪着他,难以置信地说:"我捡了什么吗?"

萨格登警司仍然很亲切,只是语调稍稍强硬了一些。

"是的,我看见你……"

"噢!"

"所以,请把它给我,它现在就在你的手里。"

皮拉尔慢慢地摊开手,她的手里有一小捆橡皮筋和一小块木头做的东西。萨格登警司接过它们,装进一个信封,放进自己的胸前口袋里。

他说了声"谢谢"便转过身去。就在这一刹那,斯蒂芬·法尔的眼神中流露出一丝震惊和敬意,好像在说他之前小瞧了这位高大英俊的警司。

　　他们慢慢地走出房间,听见警司在身后公事公办地说着:"那么现在,如果你们愿意……"

5

"没什么比得上用木柴生的火。"约翰逊上校说着又添了一根木柴,把椅子挪得离火苗更近了。"你请自便。"他又加了一句,殷勤地让他的客人注意到手边的玻璃酒柜和虹吸壶。

他的客人礼貌地抬起一只手谢绝了。他小心翼翼地侧着椅子,朝燃烧着的木柴挪近了一些,尽管他认为这样做既有可能烤焦鞋底,又无法缓解盘踞在肩膀和后背的冷气旋涡(感觉就像某种中世纪的酷刑)。

约翰逊上校,米德什尔郡的警察局局长,可能认为世上没有什么东西能胜过壁炉里的火,但赫尔克里·波洛却认为,中央供暖设备要胜过它千倍,而且从不会输!

"卡特莱特的那个案子①真是让人吃惊。"主人带着怀旧情绪评论道,"不可思议的人!为人处事那么有魅力。怎么搞的,从他和你一起来的时候起,就让我们对他言听计从。"

他摇摇头。

"我们再也不会碰到那样的案子了!"他说,"用尼古丁投毒还是相当罕见的,谢天谢地。"

"曾有一段时间,大家认为所有的投毒案都不英国,"赫尔克

---

① 参见阿加莎·克里斯蒂作品《三幕悲剧》。

里·波洛说,"带有异国情调!不光明正大!"

"我可从没这么想过,"上校说,"有大量的砒霜下毒案——很可能比我们知道的还要多得多。"

"对,很可能。"

"投毒案总是让人尴尬,"上校接着说,"专家们的证词互相矛盾,医生们则对他们所说的话过分谨慎。这种案子对陪审团来说也总是很难办。如果一个人非得去杀人的话(当然这是上帝所不允许的),就给我直截了当地干。给我一件死因清清楚楚的案子。"

波洛点点头。

"枪杀,割喉,砸扁脑袋……你偏爱这些吗?"

"噢,别用偏爱这个词,我亲爱的伙计。这么说好像我很喜欢谋杀案似的!我倒希望再也不要有了。不管怎么说,在你来访期间,我们应该是足够安全的。"

波洛谦逊地说:"我的名声——"

但约翰逊接着说了下去。

"圣诞节期间,"他说,"和平、友好,都是这一类的事。到处都很友善。"

赫尔克里·波洛靠在椅子背上,两手指尖相对,若有所思地审视着这位主人。

他喃喃道:"的确,照你这么说,圣诞节期间不太可能发生犯罪事件?"

"我正是这个意思。"

"为什么呢?"

"为什么?"约翰逊似乎被问得措手不及,"这个,就像我刚才说的——圣诞节是一个欢庆的美好日子,就是这样!"

赫尔克里·波洛喃喃道："英国人啊，真是感情丰富！"

约翰逊坚决地说："如果我们就是这样又怎么样？如果我们真的喜欢那些旧时光，那些古老的传统节日，又怎么了？这有什么坏处吗？"

"没什么坏处，它非常迷人！但让我们先来看一些事实。你说圣诞节是一个欢庆的日子，那是不是意味着大吃大喝？实际上，这就意味着暴饮暴食！暴饮暴食会引起消化不良！而伴随着消化不良，就是兴奋和易怒！"

"犯罪事件，"约翰逊上校说，"并非源于兴奋和易怒。"

"我可不这么认为！再换一个角度来看，圣诞节洋溢着友善的气氛，确实如此，如你所说，但它是'装出来的'。旧日的争吵平息下来，原本意见不合的人同意再一次和解，虽然只是暂时的。"

约翰逊点点头。

"停战，确实如此。"

波洛继续阐述他的理论。

"而如今的圣诞节，意味着一整年都分散在各地的家庭成员再次团聚在一起。在这种情况下，我的朋友，你必须承认，会产生一种很大的压力。那些脾气不怎么好的人给自己施加了很大的压力，让自己表现得和蔼可亲。圣诞节有很多伪善的东西，可敬的伪善，那些伪善有很好的理由，也是可以理解的[①]，但无论如何都是一种伪善！"

"好吧，但我是不会这么想的。"约翰逊上校怀疑地说。

波洛看着他微笑。

[①]波洛说的话中英语法语混杂，法语部分用斜体表示，全文相同处理。

"不，不。这是我的理论，不是你的。我只是想告诉你，在这种情况下，精神压力加身体不适，很有可能使原本只是轻微的厌恶和不重要的意见不合突然升级，表现得更为严重。伪装成一个更为和蔼可亲、更为宽容、品格更为高尚的人，迟早会对人产生影响，结果就使他变得比正常情况下还要不好相处、还要无情，总之就是让人不愉快！如果你要人为地建起堤坝抑制本性的流露，我的朋友，那堤坝迟早会崩塌，酿成大洪灾！"

约翰逊上校半信半疑地看着他。

"我总也搞不清你什么时候是认真的，什么时候是在和我开玩笑。"他抱怨道。

波洛朝他笑着。

"我不是认真的！一点儿也不认真！但我说的是实情，无论如何都一样——人为的压制本性会引发人们的自然反应。"

约翰逊上校的男仆走进房间。

"萨格登警司打来电话，先生。"

"好的，我就来。"

警察局局长道了声歉，而后离开了房间。

过了大约三分钟，他回来了，神情严肃且慌张不安。

"该死的！"他说，"谋杀案！还是在平安夜！"

波洛的眉毛扬了起来。

"准确无疑吗？我是指谋杀。"

"呃？噢，不会有别的可能！清楚明白的案子。是谋杀，而且是相当残忍的谋杀！"

"被害人是谁？"

"老西米恩·李。我们这儿最有钱的人之一！早先在南非赚了一大笔钱，靠黄金，不，我想是钻石。他投资了一大笔钱开办工厂，制造一种采矿机专用的小零件，我相信那是他自己的发明。反正他很快就轻松地发了财，他们说他顶两个百万富翁。"

波洛说："他很受欢迎，是吗？"

约翰逊慢吞吞地说："我觉得没人会喜欢他。他算是个怪人，已经残废了好多年。我本人并不太了解他，但他绝对是这个郡里的一位大人物。"

"那么这个案子，将会引起很大轰动了？"

"是的，我必须尽快赶往朗代尔。"

局长犹豫了一下，看着他的客人。波洛回答了他没有说出口的问题。

"你愿意我陪你一起去吗？"

约翰逊尴尬地说："求助于你好像有些丢人。可是，这个，你也知道是怎么回事！萨格登警司是个好人，没人比他更好了。他勤勉，细心，可靠。可是，嗯，他在任何方面都没什么想象力。我非常愿意，你能在那儿，给些建议。"

他在说最后一句话前稍微停顿了一下，而且听起来有点儿像发电报的格式。波洛马上做出了回应。

"我很乐意前往。我会尽我所能地协助你们，你完全可以相信我。我们不该伤害一位好警司的感情，那是他的案子，不是我的。我只是一名非官方顾问。"

约翰逊上校热情地说："你真是一个好人，波洛。"

说完这句赞扬的话，上校就同波洛一起出发了。

6

一位警察来为他们开了门，行了礼。在他身后，萨格登警司从大厅里走过来说："很高兴您来了，长官。我们去左边的那个房间好吗，李先生的书房？我想先为你们讲一遍事发经过，整件事情太奇怪了。"

他领着他们走进大厅左边的一个小房间。那儿有一部电话和一张放满了文件的大桌子，一排排书架贴墙排列。

上校说："萨格登，这位是赫尔克里·波洛先生。你可能听说过他，他正好在我家做客。这位是萨格登警司。"

波洛微微躬身行礼，然后打量起这个人。站在他面前的是一个高个子男人，肩膀方正，举止如军人一般，鹰钩鼻，颇具挑衅意味的下巴和茂密的栗色胡子。听到介绍后，萨格登使劲地盯着波洛看，而波洛则一个劲地注视着萨格登警司的唇髭，它的浓密似乎令波洛着迷。

警司说："我当然听说过你，波洛先生。如果我没记错的话，你好几年前也曾来过这里，巴托洛缪·斯特兰奇先生毒杀案，用的是尼古丁。那起案子不在我所管辖的区域内，但当然了，事件的始末我都听说了。"

约翰逊上校不耐烦地说："现在，那么，萨格登，跟我们说说事情的经过。你说这是一起清楚明白的案子。"

"是的，长官，肯定是谋杀，没有丝毫疑问。李先生的喉咙被割开了，颈静脉断裂，是医生说的。但这件事里有一个非常奇怪的地方。"

"你的意思是——"

"我希望您能先听我说一遍事情的始末，长官。情况是这样的：今天下午大约五点钟，我在阿德斯菲尔德警局接到李先生的电话，他的声音在电话中听起来有些古怪。他叫我晚上八点钟到他家一趟，特意强调了这个时间。另外，他让我跟管家说，我是去为警方的慈善事业募集捐款的。"

上校猛地抬起头。

"为你去他家找了个说得过去的理由？"

"没错，长官。嗯，当然，李先生是位大人物，我便答应了他的请求。我到的时候差几分钟八点，我说自己是来为警方的孤儿院募捐的。管家去通报后回来告诉我，李先生愿意见我。于是他带我去李先生的房间，房间在二楼，就在餐厅的正上方。"

萨格登警司停了一下，深吸一口气，接着以公事公办的口气继续讲述。

"李先生坐在壁炉边的一把椅子上，穿着睡衣。管家关上门离开后，李先生叫我坐到他身旁，支支吾吾地说他想向我报告一起盗窃案的细节。我问他说什么被盗了，他回答说他有充分的理由确信，价值几千英镑的钻石（未经加工的钻石，我想他是这么说的），被人从他的保险箱里偷走了。"

"钻石，嗯？"上校说。

"是的，长官。我询问了他一些例行的问题，但他表现得非常不确定，回答得也很含糊。最后他说：'请你明白，警司，关于这件事，我也可能弄错了。'我说：'我不太明白，先生。钻石要么不见了,要么就还在——二者必选其一。'他回答说:'钻石确实不见了,警司,但它们的失踪也可能只是一个相当愚蠢的恶作剧。'这听起来太奇怪了,但我什么也没说。他接着说:'我很难给你详细的解释,但事情就是这样的:在我看来,目前只有两个人可能拿走了钻石。若是其中一个拿的,那可能只是开个玩笑;但如果是另一个人拿的,那它们就肯定是被盗了。'我说:'您到底想让我做些什么呢,先生?'他立刻回答:'我想让你,警司,大约一个小时之后再来一趟。不,再晚一点儿,九点五十五分吧,到那时候,我就能明确地告诉你我的钻石是否被偷了。'我有点儿糊涂,但还是同意了,然后就离开了。"

约翰逊上校评论道:"奇怪,太奇怪了。你觉得呢,波洛?"

赫尔克里·波洛说:"我可以问问吗,警司,你得出的结论是什么呢?"

警司摸着下巴,小心翼翼地答道:"呃,我有过各种各样的想法,但总的来说,我是这么推断的:毫无疑问,根本没有什么恶作剧,钻石的确被偷了。但那位老绅士不能确定是谁偷的。我的看法是,他说的那两个最有可能的人,应该是真的——那两个人一个是用人,另一个则是家里人。"

波洛赞赏地点点头。

"非常好。对,这就能很好地解释他的态度。"

"因此他希望我晚些时候再来。在中间的这段时间里,他打算把那两个人分别找来面谈。他会告诉他们,他已经把这件事告诉了警察,如果能尽快物归原主,他可以让这件事就这么算了。"

约翰逊上校说:"如果他的猜想没有被证实呢?"

"这样的话,他会让我们来调查这件事。"

约翰逊上校皱起眉头,捋着胡子,提出了异议。

"他为什么不在你来之前就把事情问清楚呢？"

"不，不，长官。"警司摇着头说，"您没看出来吗，如果他那样做，就只是虚张声势，半点说服力都没有。那人会对自己说：'那老家伙是不会把警察找来的，就让他怀疑去吧！'但如果老人说：'我已经跟警察说了，警察刚刚离开。'接着那个贼去问管家，管家又证实了这件事。管家说：'对，警司开饭前刚离开。'这样的话，那个贼就会相信老先生是认真的，而他自己还是把钻石吐出来为妙。"

"哦，是的，我明白了。"约翰逊上校说，"你有什么想法吗，萨格登，那个'家里人'，可能是谁呢？"

"没有，长官。"

"他没给你什么暗示吗？"

"没有。"

约翰逊摇了摇头："好吧，继续吧。"

萨格登警司继续以公事化的口吻说下去。

"我再次来到这幢房子，长官，正好是九点五十五分。就在我要按门铃的时候，听到房子里传来一声尖叫，接着是几声叫喊和一阵骚乱。我不停按门铃，还砸了门环，三四分钟后才有人来开门。当男仆最终把门打开时，我马上就知道这儿发生了一起重大事件。他浑身都在颤抖，看起来马上就要晕过去了，上气不接下气地说李先生被杀了。我急忙跑上楼去，发现李先生的房间乱作一团，很明显曾发生过激烈的争斗。李先生躺在壁炉前的血泊之中，喉咙被割开了。"

上校严厉地说："不可能是他自己弄成那样的吗？"

萨格登摇摇头。

"不可能，长官。举一个例子来说，房间里的桌子和椅子都翻倒了，瓷器等装饰品全打碎了，而且现场没有发现可用来当凶器的剃刀或其他刀具。"

上校沉思着说："好吧，看起来确实是谋杀。房间里还有别人吗？"

"大部分家庭成员都在那儿，长官，只是站在周围。"

约翰逊上校说："你怎么想的，萨格登？"

警司慢吞吞地说："一件糟糕的事，长官。我觉得像是屋子里的人干的，我想不出哪个外人能在干了这事之后及时逃走。"

"窗户是什么样的，关着还是开着？"

"房间里有两扇窗户，长官。一扇关死了，闩着；另一扇从底下拉起了几英寸——但用一个防盗螺栓固定住了，动不了。我试过了，它卡得非常紧——我敢说那扇窗有好几年没开过了。另外，外面的墙面很光滑，没有裂缝——也没有常春藤或其他藤本植物，我认为没人能从窗户逃走。"

"房间里有几扇门？"

"只有一扇。那个房间在走廊的尽头，门从里面锁住了。他们听到搏斗声及老人的死前尖叫后，立即冲上楼来，把门砸开才进去的。"

约翰逊厉声问道："开门后谁在房间里呢？"

萨格登警司严肃地回答："房间里没有任何人，长官，除了几分钟前被杀的老人。"

7

约翰逊上校瞪着萨格登足足几分钟,才没好气地说:"你是想告诉我,警司,这是一桩只有在侦探小说里才会读到的该死案子,一个人死在一间上锁的房间里,显然是被某种超自然力量杀死的吗?"

一抹无力的笑容出现在警司的唇边,他严肃地回答:

"我不认为事情有那么糟,长官。"

约翰逊上校说:"自杀,肯定是自杀!"

"如果是自杀的话,凶器在哪儿呢?不,长官,自杀是不成立的。"

"那么凶手是怎么逃走的呢?从窗户吗?"

萨格登摇摇头。

"我发誓他不是那样逃走的。"

"但门是锁着的,而且你说,是从里面锁上的。"

警司点点头。他从口袋里拿出一把钥匙,放在桌上。

"没有指纹,"他明确道,"可是看看这把钥匙,长官,用放大镜好好看一下。"

波洛弯下腰去,和约翰逊上校一起察看这把钥匙。上校发出一声惊呼。

"天哪,我看到了,钥匙顶端有些轻微的划痕。你看见了吗,波洛？"

"是的，我看见了。这也就是说，钥匙是从门外转动从而锁上门的——用一种特别的工具穿过钥匙孔，抓住钥匙——很可能是一把普通的老虎钳，就能办得到。"

警司点了点头。

"可以做得非常好。"

波洛说："那么，他的想法就是，希望被认定为自杀，因为门是锁着的，房间里又没有别人。"

"正是这样，波洛先生。我想说，这是毫无疑问的。"

波洛怀疑地摇摇头。

"但房间里一片混乱啊！就像你说的，这样的状态就排除了自杀的可能，凶手应该第一个就想到把房间布置整齐。"

萨格登警司说："但他没时间了，波洛先生。这就是问题所在，来不及。他原本指望能在老人毫无察觉的情况下将其制伏，可是没成功。发生了一场争斗——一场显然会被楼下的人听到动静的争斗；不仅如此，那位老先生还高声喊了救命，所有人都冲了上来。凶手只来得及匆忙溜出房间，再从外面把门锁上。"

"没错，"波洛承认，"这个凶手很可能搞出这么一通闹剧。可是为什么？为什么他不留下凶器呀？因为如果这儿没有凶器，就理所当然的不可能是自杀！这个错误是不可原谅的。"

萨格登警司坚定地说："罪犯总会犯错。这是我们的经验。"

波洛轻轻地叹了口气，喃喃道："虽然他犯了错，可他还是逃脱了。结果一样。"

"我不认为他真的逃脱了。"

"你是说他还在这幢房子里？"

"我看不出他还能去哪儿，这是一起内部人犯的案子。"

"可是都一样，"波洛温和地指出，"从某种意义上来说，他还是逃脱了，因为你不知道他是谁。"

萨格登警司的语气温和，却很坚定。

"我想我们很快就会知道的。我们还没对这家人进行问讯呢。"

约翰逊上校插了进来。

"瞧，萨格登，我想到一个问题。无论是谁从外边锁上了门，都一定了解不少这方面的知识。换句话说，他很可能犯过罪，这类工具可不好使用。"

"您的意思是，这是一起惯犯作的案，长官？"

"我正是这个意思。"

"看起来确实很像。"萨格登也表示赞同，"由此推断，看来用人中有一个职业小偷。这也就解释了钻石被偷，以及随之而来的谋杀案了，顺理成章。"

"但这样的推论有什么不对？"

"我一开始也是这么想的，可要证明有些困难。家里共有八个用人：其中有六个女人，而这六个人中有五个在这儿干了至少四年，外加管家和男仆。那位管家在这儿快四十年了——我想说这是项很可观的纪录。男仆是本地人，园丁的儿子，土生土长，我可看不出他会是职业小偷。最后一个是李先生的贴身男仆，他算是新来的，可他当时不在房子里——现在也还没回来——他是八点钟之前出去的。"

约翰逊上校问："有这幢房子里的人的确切名单了吗？"

"是的，长官，我问管家要的。"他拿出笔记本，"念给你们听好吗？"

"请吧，萨格登。"

"阿尔弗雷德·李先生及夫人，国会议员乔治·李及他的妻子，哈里·李先生，戴维·李先生和夫人，皮……"警司顿了一下，小心地念出那个词儿，"皮拉尔·埃斯特拉瓦多斯小姐，"被他读得像一幢建筑物的名字，"斯蒂芬·法尔先生。然后是用人：爱德华·特雷西利安，管家；沃尔特·钱皮恩，男仆；埃米莉·里夫斯，厨娘；格雷斯·贝斯特，二等女仆；比阿特丽斯·莫斯库姆，三等女仆；琼·肯奇，打杂女仆；西德尼·霍伯里，贴身男仆。"

"就这么多，嗯？"

"就这么多，长官。"

"知道谋杀发生的时候他们每个人都在哪儿吗？"

"只知道个大概。我说了，我还没问讯过任何人呢。据特雷西利安说，当时先生们都还在餐厅里，女士们去了客厅。特雷西利安端上了咖啡，据他说，当听到头顶上传来喧闹声时，他刚刚回到餐具室。接着是一声尖叫，他便跑出来冲进大厅，然后跟其他人一起跑上了楼。"

约翰逊上校问："谁住在这幢房子里，谁是刚来的？"

"阿尔弗雷德·李夫妇住在这儿，其他人都是来做客的。"

约翰逊点点头。

"他们现在都在哪儿？"

"我要求他们都待在客厅里，直到我找他们听取情况。"

"我明白了。我想我们最好先上楼去看看现场。"

警司领他们走上宽阔的楼梯，穿过走廊。

刚踏进案发现场，约翰逊就深深地吸了一口气。

"太可怕了！"他评论道。

他站了一会儿，仔细观察翻倒的椅子、打碎的瓷器，以及染

94

上了血迹的各种碎片。

跪在尸体旁的一位瘦瘦的中年男人站起身,冲他们点头致意。

"晚上好,约翰逊,"他说,"一团糟,嗯?"

"确实如此。有什么能告诉我们的吗,医生?"

医生耸耸肩,咧嘴笑了。

"我会用最专业的尸检术语。情况一点不复杂,凶手割开了他的喉咙,像杀猪那样。不到一分钟他就死了。目前还不能确定凶器。"

波洛穿过房间来到窗户旁。正如警司所说,一扇窗关着且闩上了,另一扇从底部打开约四英寸,由一根显眼的粗螺钉牢牢地固定在那个位置上,就是那种几年前被称作防盗螺丝的东西。

萨格登说:"据管家说,无论天晴下雨,那扇窗户都不关。窗户下面铺了一小块油毡,防止雨打进来,不过也不用担心,因为有伸出来的屋檐遮挡。"

波洛点点头。

他回到尸体旁,低头看着那个老人。

死者龇牙咧嘴,露出已无血色的牙龈,不知为何感觉像在咆哮。手指弯曲,像爪子一样。

波洛说:"他看起来不像是强壮的人。"

医生说:"我相信他很硬朗,他得过很多大病,那些病曾要了不少人的命,但他顶住了。"

波洛说:"我不是那个意思。我是说,从体格上看,他不是很魁梧、健壮。"

"对,他很虚弱。"

波洛从死者身边走开,弯下腰去检查翻倒的椅子—— 一把桃花心木的大椅子。在它旁边是一张桃花心木圆桌和一些瓷台灯的碎片。还有两把小一点儿的椅子倒在附近,以及一个玻璃水壶和两个玻璃杯的碎片。一个笨重的玻璃镇纸完好无损,五花八门的书,一个日本大花瓶被摔得粉碎,一具裸女铜像也残缺不全。

波洛在这堆残骸前弯下腰,神情严肃地检视它们,但没有碰,只是仔细观察着。他困惑不解地皱起眉头。

上校问:"发现什么了吗,波洛?"

赫尔克里·波洛叹了口气,嘟囔着:"一个脆弱瘦小的老人,以及同样脆弱的东西。"

约翰逊不解地转过头,问正忙着的警员:"指纹方面怎么样?"

"发现了大量的指纹,长官,遍布整个房间。"

"保险箱上呢?"

"没发现什么。只有那位老先生自己的指纹。"

约翰逊转向医生。

"血迹方面如何?"他问,"杀了他的人身上一定会溅有血迹。"

医生表示怀疑。

"不一定,几乎都是静脉里流出来的血,不会像割开动脉时那样喷出来。"

"确实,不一定。可不管怎样,周围有这么多血呢。"

波洛说:"是的,这儿有太多血了,令人印象深刻。很多血。"

萨格登警司带着敬意问:"那么您……呃……它使您想到什么了吗,波洛先生?"

波洛看着他,困窘地摇了摇头。

他说:"这儿有某种东西——暴力……"他停了一会儿,又接着说下去,"对,正是这个——暴力,还有血——那么明显的血，有点——我该怎么说呢，血有点过多了。椅子上、桌子上、地毯上……血祭吗？献祭的血？是这样吗？也许吧。如此脆弱的老人，这么瘦，这么皱巴巴的，这么干瘪，可是死的时候却有这么多血……"

他的声音渐渐消失了。萨格登警司睁圆了眼睛，吃惊地注视着波洛，以一种敬畏的语气说："有趣。她也是这么说的，那位女士……"

波洛厉声反问："哪位女士？她说了什么？"

萨格登回答道："李夫人，阿尔弗雷德夫人。她当时站在门口，声音很低。我当时没明白它的含义。"

"她说了什么？"

"好像是'谁想到这老头儿会有这么多血……'"

波洛轻声道："'谁想到这老头儿有这么多血？'麦克白夫人的台词。她竟然说了这么一句话……啊，这很有意思……"

8

阿尔弗雷德·李夫妇走进了小书房，波洛、萨格登和上校都在这儿等着他们。约翰逊上校先走上前。

"你好，李先生。我们没见过面，但如你所知，我是这个郡的警察局局长，我叫约翰逊。发生这样的事我真是无比悲痛。"

阿尔弗雷德的棕色眼睛流露出深深的痛苦，像只可怜的小狗。他声音嘶哑地说："谢谢你，恐怖，这实在太恐怖了。我……这是我的妻子。"

莉迪亚平静地说："对我丈夫来说，这是个可怕的打击，对我们所有人都是，但对他尤其严重。"

她将手搭在丈夫的肩上。

约翰逊上校说："坐下好吗，李夫人？让我给你们介绍一下，这位是赫尔克里·波洛先生。"

赫尔克里·波洛颔首致意，颇感兴趣地看看丈夫，又看看妻子。

莉迪亚搭在阿尔弗雷德肩膀上的手稍稍用了些力。

"坐下，阿尔弗雷德。"

阿尔弗雷德坐下了，嘴上喃喃道："赫尔克里·波洛。那么，谁——是谁呢？"

他一脸恍惚地用手摸着额头。

莉迪亚·李说:"约翰逊上校想问你一些问题,阿尔弗雷德。"

上校赞许地看着她,很庆幸阿尔弗雷德·李夫人是这么一个理智而能干的女人。

阿尔弗雷德说:"当然,当然……"

约翰逊在心里对自己说:这个打击好像把他完全搞垮了,希望他能多少控制一下自己的情绪。

上校大声说道:"我有一份名单,上面列着今晚在这幢房子里的所有人的名字。我希望你能告诉我,李先生,这份名单是否准确无误。"

说完他稍微示意萨格登,后者拿出他的笔记本,又把那些名字念了一遍。

谈生意一般的程序好像把阿尔弗雷德·李稍微拉回到了正常状态,他重新控制住自己,不再眼神发直、神情恍惚了。萨格登念完后,他点头表示认同。

"非常正确。"他说。

"可以稍微给我们介绍一下你的客人们吗?我猜,乔治夫妇以及戴维夫妇是你的亲戚吧?"

"他们是我的弟弟和弟媳。"

"他们只是在这儿逗留一阵子?"

"是的,他们是来过圣诞节的。"

"哈里·李先生也是你弟弟?"

"对。"

"另外两位客人呢,埃斯特拉瓦多斯小姐和法尔先生?"

"埃斯特拉瓦多斯小姐是我的外甥女。法尔先生是我父亲以前在南非的合伙人的儿子。"

"啊，一个老朋友。"

莉迪亚插了句嘴。

"不，事实上我们在此之前从未见过他。"

"明白了，可你们邀请他留下和你们一起过圣诞节？"

阿尔弗雷德犹豫了一下，看着他的妻子。她清楚地答道："法尔先生昨天毫无预兆地突然出现在这里。他碰巧到附近来，于是顺道来拜访我的公公。当我公公得知他是自己老朋友兼合伙人的儿子，便坚持要留他在这儿和我们一起过圣诞节。"

约翰逊上校说："我明白了，这下家里人都清楚了。再来说用人们，李夫人，你认为他们都可信吗？"

莉迪亚在回答之前先思考了一会儿，然后说："是的，我很肯定他们全都非常可靠。他们大都和我们在一起很多年了。特雷西利安，那位管家，我丈夫还是个孩子的时候他就在这儿了。新人也就只有打杂女仆琼和侍候我公公的贴身男看护。"

"这两个人怎么样？"

"琼就是一个小傻瓜。这是对她最坏的评价了。我还不太了解霍伯里，他刚来这儿一年多。工作方面他很能干，而且我公公看起来对他很满意。"

波洛尖锐地问："但你呢，夫人，你不是很满意？"

莉迪亚微微耸了耸肩。

"这跟我没关系。"

"可你是这个家的女主人啊。夫人，用人的事不归你管吗？"

"噢，是我管，当然。但霍伯里是我公公的私人贴身男仆，他不在我的管理权限之内。"

"我明白了。"

约翰逊上校说："现在我们来谈谈今晚发生的事。恐怕会让你觉得很痛苦，李先生，但我想听你说说今晚都发生了些什么。"

阿尔弗雷德低声道："好的。"

约翰逊上校启发性地问道："比如，你最后一次见到你的父亲是什么时候？"

阿尔弗雷德的脸轻微地抽搐了一下，低声答道："是在下午茶之后，我和他待了一小会儿。最后我对他道了声晚安就离开了，那时是——让我想想——大约差一刻六点。"

波洛指出："你对他道了晚安？那时你已经料到当天晚上不会再见到他了？"

"是的。我父亲晚饭吃得很少，一般会在七点钟送到他的房间。吃过晚饭他有时很早就上床了，有时坐在他的椅子上。除非他特地派人叫，否则他不会想见我们中的任何一个。"

"他经常叫人去吗？"

"有时候吧，他想这么做的时候。"

"这并不是日常惯例？"

"不是。"

"请继续说下去，李先生。"

阿尔弗雷德接着说道："我们八点钟开始吃晚饭。晚饭后，我妻子和其他女士都去客厅了。"他的声音发颤，眼神又开始发直，"我们都坐在那儿——坐在桌子旁……突然，头顶上响起了令人震惊的噪声。椅子倒了，家具翻了，玻璃和瓷器破碎的声音，而就在这时——噢，天哪，"他惊呼一声，"我现在还能听见那个声音。我父亲尖叫起来，一声可怕的、拖得长长的尖叫。那是一个人遭受致命痛苦时的尖叫声……"

他用颤抖的双手捂住自己的脸。莉迪亚伸出手去碰了碰他的袖子。

约翰逊上校温和地追问:"后来呢?"

阿尔弗雷德岔了声。

"我想,有那么一瞬间,大家都愣住了。接着我们跳了起来,冲出门去,跑上楼梯,朝我父亲的房间奔去。门锁着,我们进不去,只得把门砸开。后来,我们进去了,看见……"

他的声音消失了。

约翰逊赶忙说:"这一部分就不用讲了,李先生。把时间往回推一点儿,你还在餐厅的时候,你听到那声尖叫时,谁和你在一起?"

"谁还在那儿?怎么了,我们都在——不,让我想想,我弟弟在那儿——我弟弟哈里。"

"没有别人了吗?"

"一个都没有了。"

"其他几位先生去哪儿了?"

阿尔弗雷德叹了口气,皱起眉头努力回忆着。

"让我想想,感觉像好久以前发生的事了。嗯,像有好几年了似的,发生了什么来着?噢,没错,乔治去打电话了。然后我们开始聊家务事,斯蒂芬·法尔说或许我们想一家人讨论些事情,就主动离开了。他很聪明,做得很得体。"

"你弟弟戴维呢?"

阿尔弗雷德皱起眉头。

"戴维?他不在那儿吗?对,他确实不在那儿。我不太清楚他是什么时候溜出去的。"

波洛温和地说:"那么你们确实有家务事要讨论?"

"呃……对。"

"换句话说,你要跟家里的某一个人讨论些事情?"

莉迪亚说："你这话什么意思,波洛先生?"

他飞快地转向她。

"夫人,你丈夫说法尔先生主动离开,是因为他看出他们有些家务事要商量。但戴维先生和乔治先生都不在那儿,这就不是一次家庭会议,而是一场,仅限于两位家庭成员之间的讨论。"

莉迪亚说："我的小叔子哈里在国外待了很多年。他和我丈夫有事情要谈是很自然的。"

"啊!我明白了。确实是这样的。"

她飞快地扫了他一眼,然后移开了视线。

约翰逊说："那么,现在情况很清楚了。当你往楼上你父亲的房间跑去时,其他人也一起吗?"

"我——我真的不知道,我想是这样的。我们从不同的地方跑出来,我恐怕没注意那么多——我当时太惊慌了,那么可怕的叫声……"

约翰逊上校马上换了一个话题。

"谢谢你,李先生。接下来,还有一个问题,我了解到你父亲拥有一些很值钱的钻石。"

阿尔弗雷德看起来相当惊讶。

"是的,"他说,"是这样的。"

"他把它们保管在哪儿?"

"放在他房间的保险箱里。"

"你能形容一下它们是什么样的吗?"

"它们是原钻——也就是,未经切割打磨的钻石。"

"你父亲为什么要保存着这些钻石呢?"

"那是他的一个怪癖。那些石头是他从南非带回来的,他一直没把它们拿去加工,只是把它们作为财产保管着,他就喜欢这样。就像我说的,这是他的一个怪癖。"

"我明白了。"上校说。但听他的语气,他可一点也不明白。

上校接着问:"它们很值钱吗?"

"我父亲估计它们能值一万英镑。"

"也就是说那些钻石很值钱?"

"是的。"

"把这么值钱的钻石放在卧室的保险箱里,听起来是个奇怪的主意。"

莉迪亚插话道:

"约翰逊上校,我公公本来就是个有些古怪的人。他的想法总是很不寻常,把玩那些钻石无疑给了他很大的乐趣。"

"也许,它们能唤起他对往昔岁月的回忆。"波洛说。

她向他投以感激的一瞥。

"对,"她说,"我想是的。"

"它们上保险了吗?"上校问。

"我想没有。"

约翰逊探出身子,平静地说:"你知道吗,李先生,那些钻石被偷了?"

"什么?"阿尔弗雷德·李瞪着他。

"你父亲一点儿也没对你提起钻石不见了的事吗?"

"只字未提。"

"你也不知道他曾叫来萨格登警司,向他报告钻石失窃的事吗?"

"我一点儿也不知道还有这种事!"

上校转而注视着莉迪亚。

"你呢,李夫人?"

莉迪亚摇摇头。

"我也从没听说过。"

"你以为钻石还在保险箱里?"

"是的。"

她迟疑了一下,然后问道:"他就是因为这个被杀的吗?就因为那些钻石?"

约翰逊上校说:"这正是我们要查清楚的!"

他接着说:"你有什么想法吗,李夫人?谁有可能精心策划这么一起盗窃案呢?"

她摇摇头。

"不,我不知道。我非常肯定用人们都是诚实可信的。而且无论如何,他们都很难靠近那个保险箱。我公公总是待在自己的房间里,他从不到楼下来。"

"谁负责料理那个房间呢?"

"霍伯里。他负责整理床铺和打扫卫生。二等女仆每天早上进去清理壁炉并把火生起来,其他的事都是霍伯里做。"

波洛说:"所以说霍伯里是最有机会的?"

"对。"

"那么,你认为是他偷了那些钻石吗?"

"有这个可能。我想……他是最有机会的。哦!我不知道该怎么说。"

约翰逊上校说:"你丈夫给我们讲了他今晚的行踪,请你也讲讲好吗,李夫人?你最后一次见到你公公是在什么时候?"

"今天下午,我们都去了他的房间——在下午茶之前。那是我最后一次见到他。"

"之后你再没见过他,向他道晚安了?"

"没再见过。"

波洛说:"你通常会去向他道晚安吗?"

莉迪亚马上回答:"不。"

上校接着说:"案发时你在哪儿?"

"在客厅里。"

"你听见打斗声了吗?"

"我想我听见有很重的东西倒了下来。我公公的房间在餐厅的正上面,而不是客厅,所以我听得不太清楚。"

"但你听见叫声了?"

莉迪亚颤抖了一下。

"是的,我听见了……那太恐怖了,就像……就像地狱里的游魂发出来的。我立刻就知道有可怕的事情发生了,我匆忙跑出来,跟在我丈夫和哈里后面上了楼。"

"那时客厅里还有谁?"

莉迪亚皱起眉。

"说真的,我记不起来了。戴维在隔壁的音乐室,弹着门德尔松的曲子。我想希尔达可能过去找他了。"

"另两位女士呢?"

莉迪亚慢悠悠地说:"玛格达莱尼去打电话了,我不记得她有没有回来了。我不知道那时皮拉尔在哪儿。"

波洛温和地说:"事实上,可以说当时你独自一人待在客厅里?"

"对,是的,事实上,我相信当时只有我一个人。"

约翰逊上校说:"关于那些钻石,我想,我们应该去确认一下。你知道你父亲保险箱的密码吗,李先生?它看起来颇为老式。"

"他睡袍的兜里有个小笔记本，密码就写在上面。"

"好的，我们一会儿去看看。但我们最好先和其他家庭成员聊一聊，女士们可能想上床休息了。"

莉迪亚站了起来。

"走吧，阿尔弗雷德。"她转向他们问，"要我叫他们过来吗？"

"如果你没什么意见的话，一个一个来，李夫人。"

"没问题。"

她向门口走去，阿尔弗雷德跟着她。

突然，就在出门前的最后一刻，他突然转过身来。

"没错，"他说着，迅速回到波洛身边，"你是赫尔克里·波洛！我怎么这么傻，我应该马上就认出来的。"

他语速很快，声音低沉而兴奋。

"你在这儿绝对是天意啊！请你一定要查出真相，波洛先生，不惜一切代价！多少钱我都愿意付，只要你能查出来……我可怜的父亲，被人谋杀了，手段那么残忍！你一定要查出来，波洛先生。我父亲的仇一定要报。"

波洛平静地应道："我向你保证，李先生，我会尽我最大的努力来协助约翰逊上校和萨格登警司。"

阿尔弗雷德·李说："我要你为我工作，我父亲的仇一定要报。"

他开始剧烈地颤抖，莉迪亚也回到屋里。她走到他身边，挽起他的手臂。

"走了，阿尔弗雷德，"她说，"我们得去叫别的人了。"

她的目光与波洛相遇，那双眼睛里藏着她的秘密。眼神没有一丝动摇。

波洛轻声说："谁想得到那老头儿——"

她打断了他:"停!不要说了!"
波洛喃喃地说道:"这是你说的,夫人。"
她轻轻地吸了一口气。
"我知道……我记得……但这——太恐怖了。"
然后她拉着丈夫急忙冲出了房间。

9

乔治·李神情肃穆，举止得体。

"这件事太可怕了，"他边说边摇头，"非常、非常可怕。我只能认为，这一定是……呃……一个疯子干的！"

约翰逊上校礼貌地问："这是你的看法？"

"是的，没错，就是这样。一个杀人狂。也许，是从附近的某个疯人院里逃出来的。"

萨格登警司加入讨论。

"那么你认为这个……嗯……杀人狂，是怎么进来的呢，李先生？而他又是怎么离开的呢？"

乔治摇摇头。

"这个，"他坚定地说，"是警方该去调查的问题。"

萨格登说："我们立即检查了房子周围，所有的窗户都关着而且是闩着的。侧门锁着，前门也是。没人能从厨房离开而不被厨房里的仆人看见。"

乔治·李叫道："但这太荒谬了！感觉你接下来就要说我的父亲根本就没被谋杀了！"

"他是被谋杀的，"萨格登警司说，"这一点毫无疑问。"

上校清了清嗓子，把提问的主导权接了过来。

"事情发生的时候，李先生，你在哪儿？"

"我在餐厅里,刚刚吃完饭。不,我想,我就在这个房间里,刚刚打完电话。"

"你那时在打电话?"

"是的,我在和韦斯特林厄姆的保守党代理人——我的支持者——通电话,有一些紧急事务。"

"而你是在那之后听到尖叫声的?"

乔治·李轻轻地哆嗦了一下。

"是的,让人非常不舒服。它……呃……把我的骨髓都冻住了。最后听起来像是被噎住了或者在咯咯地笑。"

他掏出一块手绢,擦着已冒出汗珠的额头。

"可怕!"他咕哝着。

"然后你就匆忙上楼了?"

"是的。"

"你看见你的兄弟们了吗?阿尔弗雷德先生和哈里先生?"

"没有,我想他们在我之前就上去了。"

"你最后一次见到你父亲是在什么时候,李先生?"

"今天下午,我们都在他的房间里。"

"后来就没再见过他?"

"没有。"

上校停顿了一会儿,接着说道:"你知道你父亲有一些很值钱的原钻,放在他卧室的保险箱里吗?"

乔治·李点点头。

"最不明智的做法,"他傲慢地说,"我经常这么跟他说,他会因为这些石头被杀的,我的意思是,这就像——"

约翰逊上校插嘴问:"那你知道这些钻石不见了吗?"

乔治大张着嘴,外凸的眼睛瞪着局长。

"那么他确实是因为它们而被杀的?"

上校慢慢地说:"就在他死前的几个小时,他发现钻石不见了,并报告给了警方。"

乔治说:"可是,这……我不明白,我……"

赫尔克里·波洛温和地说:"我们,也不明白……"

10

哈里·李大摇大摆地走进房间。波洛盯着他看了一会儿,皱起眉头。他有一种感觉,觉得以前在什么地方见过这个人。他注意着哈里的相貌:高高的鼻子,傲慢高昂的头,下巴的线条;而且他还意识到,哈里是个大块头,他的父亲充其量也只能算中等身材,即便如此,他们俩还是有很多相似之处。

波洛还注意到一些别的东西。在那大摇大摆的表面伪装之下,哈里·李其实很紧张。他试图用轻快的动作掩饰,但内心的焦虑还是显而易见的。

"那么,先生们。"他说,"希望我告诉你们些什么呢?"

约翰逊上校说:"关于今晚的事,你所提供的任何线索都将使我们非常高兴。"

"我真的什么都不知道。整件事太可怕了,而且太突然了。"

波洛说:"你刚从国外回来,李先生?"

哈里马上转向他。

"是的,一周前刚踏上英国的土地。"

波洛说:"你离开了很长时间?"

哈里·李仰起下巴,笑了。"反正你迟早都会听说的,很快就会有人告诉你!先生们,我是一个浪子!我已经有快二十年没踏进过这个家门了。"

"可你现在回来了,可以告诉我们为什么吗?"波洛问。

哈里一脸坦诚,明显早有准备。

"只是应了那句老话。我厌倦了猪吃的豆荚——还是猪都不吃的来着?我记不清了。我想换换口味了,肥牛犊应该会很不错。我收到一封父亲的信,建议我回来,我便遵从了他的召唤,回来了。就是这么回事。"

波洛说:"你回来短期拜访,还是长期居住?"

哈里说:"我回家了,永远地!"

"你父亲愿意吗?"

"老头儿非常高兴。"他又笑了,眼角堆起迷人的皱纹,"一直和阿尔弗雷德住在这儿,老头儿觉得无聊透顶!阿尔弗雷德就是根蠢木头——令人尊敬,但也就这一个优点,一个糟透了的伴儿。我父亲年轻时候也有点野,因此他希望我能回来跟他做伴儿。"

"那你哥哥和嫂子呢,他们高兴你住在这儿吗?"

波洛提问的时候,眉毛微微扬起。

"阿尔弗雷德吗?阿尔弗雷德简直暴跳如雷。我不知道莉迪亚怎样,因为阿尔弗雷德,她可能也有些恼火,但最终她肯定会很高兴的,我保证。我喜欢莉迪亚,她是个可爱的女人,我会和莉迪亚相处得很好的。但阿尔弗雷德完全是另一种人。"他又大笑起来,"阿尔弗雷德一直嫉妒我嫉妒得要死。他一直是个足不出户、尽职尽责、没什么野心的好儿子,可最终他得到了什么呢?家里的好孩子一般都会得到什么呢?屁股挨一脚。记住我的一句话吧,先生们,美德不会有好报。"他看看这个的脸,又看看那个。

"希望你们没被我的坦率吓着,但不管怎么说,这就是你们想要的事实。你们迟早会把这个家里的丑事都抖出来，暴露于光天化日之下。因此，我最好把关于我的事都坦白地说出来！我并不特别为父亲的死而伤心。毕竟，我还是个孩子的时候就离开这个老恶魔了。但他终究是我的父亲，而他被谋杀了。我会尽我所能地为他报仇。"他抚摸着自己的下巴，看着其他人，"我们家的人都很热衷于复仇，李家的人都不会轻易忘记，我一定要看着谋杀我父亲的人被抓起来吊死。"

"我想在这件事上，你完全可以相信我们，我们会竭尽所能，李先生。"萨格登说。

"如果你做不到，我就要亲手将他绳之以法。"哈里·李说。

上校严厉地说："那么，关于这位凶手的身份，你有什么想法吗，李先生？"

哈里摇摇头。

"没有，"他慢吞吞地说，"不，我没什么想法。你也知道这件事令人震惊，而我一直在想，我认为，不可能是外人干的……"

"啊。"萨格登点点头。

"那么，"哈里·李说，"就是这幢房子里的某个人杀了他……可会是哪个该死的恶棍呢？很难想象会是用人们。特雷西利安从这幢房子存在起就在这儿了。那个愚蠢至极的男仆？他这辈子也不会干出这种事的。霍伯里，啊，他确实是个冷血的家伙，但特雷西利安告诉我，他那时候出去了。你们得出了什么结论？排除掉斯蒂芬·法尔——要是他，他何苦不远万里从南非跑来，杀一个素未谋面的陌生人？那就只剩下这个家里的人了。然而据我所知，这里没一个人能干出这种事。阿尔弗雷德？他非常崇拜父亲。乔治？他没这个胆量。戴维？戴维一直活在梦里，他看见自己的手指头流血都会晕倒的。太太们？女人是不会那么冷血地割断一个人的喉咙的。那么会是谁干的呢？上帝保佑要是我知道就好了，这件事真的太烦人了！"

约翰逊上校清了清嗓子——官气十足的习惯——说："你今晚最后一次见到你父亲是在什么时候？"

"下午茶之后。他刚和阿尔弗雷德吵了一架，为了鄙人。这老头儿就没有安宁的时候，总喜欢挑起事端。在我看来，他就是想闹事，才一直隐瞒我要回来的消息，就等着看我突然归来，引得家里鸡飞狗跳！出于同样的期待，他才谈起修改遗嘱的事。"

波洛稍微晃了一下，低声说："你父亲提起了他的遗嘱？"

"是的，在我们所有人面前，然后像一只猫一样观察着我们的反应。他只是告诉那位律师，圣诞节之后过来一趟，谈谈这件事。"

波洛问道："他打算做什么修改呢？"

哈里·李咧嘴笑了："他没告诉我们！那只老狐狸！我猜想，或者说我希望，这项改动是考虑到鄙人的利益！我可以想象，先前立的遗嘱里肯定都把我去掉了。现在，我万分希望他又把我补上了。这对其他人来说却是个不快的打击。还有皮拉尔，他非常喜欢她，我想她肯定也会得到些好处。你们还没见过她吗，我的西班牙外甥女？是个美人儿，皮拉尔——带着南部的温柔——以及冷酷。真希望我不是她舅舅！"

"你说你父亲喜欢她？"

哈里点点头。

"她很清楚怎么去哄老头儿。总是在那儿陪他坐着，我敢打赌她知道自己想要什么！啊，不过他已经死了，遗嘱不会有所改动了，没有皮拉尔，也没我的份了。真倒霉。"

他皱起眉头，停了一会儿，接着换上另一种腔调。

"我想我跑题了。你们想知道我最后一次见到父亲是什么时候？就像我刚才所说的，是在下午茶之后，可能是六点刚过。老头儿那会儿精神很好，可能稍微有点累。我离开后，就剩霍伯里和他在一块儿。之后就再没见过他了。"

"他死的时候你在哪儿？"

"在餐厅里，和我哥哥阿尔弗雷德一起。那不是一次和睦的饭后会议。听到头顶传来的动静时，我们正在针锋相对地争吵。那动静听起来就像是有十个男人在上面摔跤。紧接着，我那可怜的老父亲就尖叫起来，活像杀猪一样，那声音把阿尔弗雷德吓傻了。他坐在那儿，大张着嘴。我猛地摇晃他，等他清醒，我们才往楼上跑去。门锁着，得破门而入，为此费了些力气。那该死的门怎么会锁上，我真的想象不出！房间里没有别人，只有我父亲。如果有人能从窗户跑掉，那才真是活见鬼了！"

萨格登警司说："门是从外面锁上的。"

"什么？"哈里瞪大了眼睛，"但我发誓，钥匙在屋里。"

波洛小声问："你注意到了？"

哈里·李严肃地说："我总是处处留心，这是我的习惯。"

他锐利的目光一一扫过面前的三个人。

"还有什么你们想知道的吗，先生们？"

约翰逊摇摇头。

"谢谢你，李先生，目前没有。请你叫下一位家庭成员来这儿，可以吗？"

"当然，乐意效劳。"

他向门口走去，头也不回地离开了。

剩下的三个人面面相觑。

约翰逊上校说:"怎么样,萨格登?"

警司疑惑地摇摇头,说:"他在害怕什么东西,我想知道到底是什么……"

11

玛格达莱尼·李故意在门外站了一会儿,一只修长的手抚着一头光滑且闪着白金光泽的秀发。叶绿色的天鹅绒连衣裙完美地勾勒出她那优美的曲线。她看起来非常年轻,有一点被吓到了。

三个男人看着她,愣了一会儿。约翰逊的目光里流露出一丝惊讶和赞赏。萨格登警司则无动于衷,有的只是不耐烦的神情,急着想继续进行他的工作。赫尔克里·波洛的眼神透着深深的欣赏意味,她看得出来,但他并非欣赏她的美,而是欣赏她知道如何利用她的美。她不知道波洛正在心中暗想:漂亮的模特儿,小东西。但她有一双冷酷的眼睛。

约翰逊上校想的是:这么漂亮的姑娘,乔治·李不小心点儿的话可麻烦了。他最好对别的男人留点神。

萨格登警司则在想:徒有其表、头脑空空。希望可以快点完事。

"请坐,李夫人。让我看看,你是——"

"乔治·李夫人。"

她坐了下来,脸上带着亲切而感激的笑,眼神像在说:虽然你是个男人,而且是个警察,但你并不可怕。

这个笑容成功地把波洛也感染了,在与女人有关的问题上外国人总是很容易被影响。至于萨格登警司,她根本没费心思。

她绞着双手，忧心忡忡的样子依旧美丽。

她小声说道："这一切太可怕了。把我吓坏了。"

"好了，好了，李夫人，"约翰逊上校的口气很和蔼，但又带着点尖酸，"我知道，这是个大的打击，但现在一切都结束了。我们只是想请你讲一下今晚发生的事。"

她叫了起来："可我什么都不知道呀，真的。"

上校的眼睛眯了起来，温和地说："对，你当然什么都不知道。"

"我们昨天刚到这儿，乔治让我来这儿过圣诞节！我真希望我们没来。我敢说我永远无法恢复了！"

"这的确让人非常难过——是的。"

"你看，我对乔治的家庭几乎一无所知。我只见过李先生一两次，一次是在我们的婚礼上，后来还见过一次。当然，见阿尔弗雷德和莉迪亚的次数要多一些，但他们对我来说依旧相当于陌生人。"

她把眼睛睁得大大的，又摆出一副受到了惊吓的孩子似的表情。赫尔克里·波洛再一次用眼神表示对她的欣赏，并再次暗想：太会装腔作势了，这个小东西。

"是的，是的。"约翰逊上校说，"现在，你只需告诉我最后一次见到你公公——李先生活着，是什么时候？"

"噢，这个啊，是今天下午，糟透了！"

约翰逊马上反问："糟透了？为什么？"

"他们都很生气！"

"谁生气了？"

"噢，他们全部——除了乔治。他父亲对他没说什么，但其他所有人都有份。"

"到底发生了什么事?"

"那个,我们到那儿的时候——他叫我们所有人都过去——他正在打电话,跟他的律师谈遗嘱的事。然后他说阿尔弗雷德看上去很阴沉,我想那是因为哈里要搬回家住。我相信这让阿尔弗雷德非常沮丧。你明白的吧,哈里做过一些非常可怕的事。接着他又说了一些关于他妻子的话,她已经死了很久了,说她的脑子只有虫子那么大,戴维就跳了起来,看上去就像要杀了他父亲……噢!"她突然闭上嘴,眼神慌乱,"我不是那个意思,我完全没有那个意思!"

约翰逊上校安慰道:"是的,的确如此,只是一种说法,仅此而已。"

"希尔达,戴维的妻子,让戴维平静了下来,然后……啊,我想就这些了。李先生说他晚上不想再见到任何人了,我们就都走了。"

"这就是你最后一次见到他?"

"对,直到……直到……"

她发着抖。

约翰逊上校说:"好的,就这样。那案发的时候你在哪儿呢?"

"噢,让我想想,我想我在客厅里。"

"你肯定吗?"

玛格达莱尼的眼神闪了一下,垂下眼帘。

她说:"对啊!我太笨了,我去打电话了,我全弄混了。"

"你说你在打电话,是在这个房间吗?"

"对,楼上我公公的房间里有一部电话,除此以外,只有这里还有电话。"

萨格登警司问:"当时这个房间里还有别人吗?"

她瞪大了眼睛。

"噢,不,就我一个人。"

"你待在这儿时间长吗?"

"嗯,待了一会儿。晚上想接通电话都要花一些时间。"

"是一通长途电话?"

"对,打到韦斯特林厄姆。"

"明白了。"

"后来呢?"

"后来就是一声可怕的尖叫。所有人都跑了过去,但门锁着,要把它砸开。噢!真像是一场噩梦!我永远都忘不了!"

"不会的,不会的。"约翰逊上校的语气显得有些生硬,接着说,"你知道你公公的保险箱里放着一些值钱的钻石吗?"

"不知道,这是真的吗?"她的语气明显有些激动,"是真的钻石吗?"

赫尔克里·波洛说:"价值一万英镑的钻石。"

"噢!"一声轻呼,压抑住女人贪婪的本性。

"好了,"约翰逊上校说,"我想这样就行了。我们不用再麻烦你了,李夫人。"

"哦,谢谢你。"

她站起身来,冲约翰逊和波洛微笑——那是一个满怀感激的小女孩的笑容。然后她走了出去,头扬得高高的,手心微微向外翻。

约翰逊上校冲她叫道:"能否请你通知你丈夫的弟弟戴维·李先生来这儿?"他在她走后关上门,回到桌边来。

"好了,"他说,"你们怎么想?我们发现一些问题了!注意一点：乔治·李说他听见尖叫声时正好在打电话！他妻子也说那时她在打电话！这就对不上了——完全对不上！"

他又加上一句："你怎么想，萨格登？"

警司慢慢地答道："我不想对一位女士无礼，但我想说，她显然很擅长从一个男人手中弄钱。不过，我不认为她会割断一个男人的喉咙，那完全不是她的风格。"

"哦，这种事谁也说不准，我的老朋友。"波洛小声说。

上校转向他。

"那你呢，波洛，你怎么想？"

赫尔克里·波洛探身向前，抚平面前的记事簿，又花了点时间掸掉烛台上的灰尘，这才答道："可以说，已故的西米恩·李先生的性格特征已清晰地浮现在我们面前，我想这正是这件案子的重要线索……就在死者的性格之中。"

萨格登警司困惑不解地看着他。

"我不太明白你的意思，波洛先生。"他说，"死者的性格特征和他被谋杀究竟有什么关系？"

波洛如做梦一般呢喃道："被害人的性格特征总会和谋杀有些关系。苔丝狄蒙娜直率、不猜忌的本性正是她的直接死因，一个稍微有些疑心的女人就会看出伊阿古的阴谋诡计，并更早地避免悲剧发生[1]；马拉的不爱清洁导致他最终死在浴缸里[2]；茂丘西奥的暴躁脾气则使他丧命于剑下[3]。"

约翰逊上校捻着他的胡子。

"你究竟想说什么，波洛？"

---

[1] 出自莎士比亚的悲剧《奥赛罗》。
[2] 法国大革命时期的民主派革命家马拉身患严重的皮肤病，时常在家中的浴缸里办公，遇刺时也是死在浴室中。
[3] 出自莎士比亚的悲剧《罗密欧与朱丽叶》。

"我想告诉你们，正是西米恩·李这么一个人，引发了一些力量，而这些力量最终要了他的命。"

"那么，你认为钻石的事和他的死没有半点关系？"

波洛看着一脸困惑的约翰逊，笑了。

"亲爱的，"他说，"正因为西米恩·李拥有与众不同的性格，他才会把价值一万英镑的未经切割的钻石放在保险箱里！不是每个人都会这么做的。"

"确实没错，波洛先生。"萨格登警司说道，带着最后终于明白和他谈话的人用意何在的神情点着头，"他是一个怪人，已故的李先生。他把那些石头放在那儿，以便随时拿出来把玩，找回过去的岁月。他离不开它们，这就是为什么他一直没送去切割打磨。"

波洛用力地点点头。

"没错——非常准确。我看得出来你拥有非凡的才智，警司。"

警司对这句恭维有些将信将疑，这时约翰逊上校插话进来。

"另外，波洛，我不明白你为何那么在意——"

"啊，是的。"波洛说，"我知道你想说什么。乔治·李夫人，她不小心说得太多了！她生动地为我们描述了最后一次家庭会议。她暗示我们，哦，那么天真无邪，阿尔弗雷德在生他父亲的气，而戴维看上去'像要杀了他'。这两件事，我认为都是事实，但我们可以基于这些事实，重建自己的理论。西米恩·李为什么要把一家人都召集过去？为什么他们到的时候正好听见他在给律师打电话？显然，这一点不会错，他想让他们听见！那个可怜的老家伙，坐在椅子里，不能像年轻时那样纵情消遣了。于是他又为自己发明了一种娱乐活动，他喜欢玩弄人类天性中的贪婪与欲望，是的，以激发他们强烈的感情和冲动为乐！从这一点出发，我们再深入一些。在这场他设计的、激发孩子们的贪婪与冲动的游戏中,没有人会被漏掉。这样做才合乎逻辑,这是必然的,因此他一定也挖苦了乔治·李,和对其他人一样!他的妻子却非常小心地对此闭口不谈。对她,他可能也放了一两支毒箭。我想我们会查出来的,从其他人那里知道,西米恩·李对乔治·李和他妻子说了些什么——"

他突然停下不说了。门开了,戴维·李走了进来。

12

戴维·李把自己控制得很好。他的行为举止非常平静——甚至有些不自然。他朝他们走来，拉过一把椅子坐下，面如死灰，带着一种询问的神情看着约翰逊上校。

室内灯光照亮他前额的一绺头发，勾勒出他颧骨的轮廓。他看上去非常年轻，一点儿都不像是死在楼上的那个干瘪老人的儿子。

"好了，先生们，"他说，"我能告诉你们些什么？"

约翰逊上校说："我了解到，李先生，今天下午在你父亲的房间里，有过一场类似家庭会议的聚会？"

"是的。非常随便的，我的意思是，你不能管它叫家庭会议之类的。"

"那时发生了什么？"

戴维·李平静地回答："我父亲那时心情不太好，他是个老人，而且生活不能自理，理所应当的，我们都应该体谅他。他特意把我们都叫去，好像就是为了，嗯，冲我们发泄他的怒气。"

"你能记起他都说了些什么吗？"

戴维平静地说："都是些很愚蠢的话。他说我们都很没用。每一个人，家里就没有一个像样的男人！他说皮拉尔，我的西班牙外甥女，一个就顶我们俩。他还说——"戴维停住了。

波洛说:"李先生,如果可以的话,最好复述他的原话。"

戴维不情愿地开口:"他的用词相当粗俗。他说他希望这世上的什么地方还有他的孩子,更好的儿子——即使他们生错了地方……"

他敏感的脸上露出对他所复述的话的厌恶之情。

萨格登警司抬起头来,突然警觉地向前欠身,说:"你父亲有没有特别针对你的哥哥乔治·李说些什么?"

"对乔治?我不记得了。噢,对,我想父亲告诉他今后必须减少开支,因为要降低给他的生活费。乔治非常沮丧,脸红得像只煮熟的火鸡。他气急败坏地说钱再少就不可能应付过来了,我父亲冷酷地说他必须想办法应付,还说最好让他妻子帮忙节省。这真是恶毒的挖苦,因为乔治一直很节约,精打细算,攒下每一分钱;而玛格达莱妮,我认为,她生活奢侈——甚至可以说挥金如土。"

波洛说:"这么说,她也被惹恼了?"

"是的。除此之外,我父亲还说了些别的难听的话——提到她曾和一名退役的海军军官共同生活,当然,他指的是她父亲,但那话听起来带有其他暧昧的意思。玛格达莱妮的脸涨得通红,情有可原。"

波洛说:"你父亲提到他已故的妻子——你的母亲了吗?"

热血涌上戴维的太阳穴,他握紧双手,放在面前的桌子上,微微颤抖着。

他有些喘不上气,低声道:"是的,他提到了,他侮辱了她。"

约翰逊上校说:"他说了什么?"

戴维的语气生硬。

"我不记得了,都是些微不足道的小事。"

波洛温柔地问："你母亲已经去世很多年了？"

戴维简短地回答："她死的时候我还是个孩子。"

"她在这儿，也许，过得不是很幸福？"

戴维轻蔑地笑了一下。

"和我父亲那样的男人生活在一起，谁能幸福？我母亲是一个圣人，却带着一颗破碎的心离开了人世。"

波洛接着说："你父亲，或许，也为她的死感到难过？"

戴维支吾道："不知道。我离开了家。"

他停了一下，接着说："你们可能还不知道，在我这次回来之前，我已经有快二十年没见过我父亲了。因此请你们明白，我无法告诉你们他的生活习惯、他有没有敌人，或者这儿都发生了什么。"

约翰逊上校问道："你知不知道你父亲有很多值钱的钻石，就放在他卧室的保险箱里？"

戴维漠不关心地说："是吗？听起来真够蠢的。"

约翰逊说："你能简要地叙述一下你昨晚都干了些什么吗？"

"我？噢，我晚饭一结束就从餐桌边走开了。我觉得那样很无聊，一群人围坐在桌边喝酒。再加上我看得出阿尔弗雷德和哈里已经快吵起来了。我讨厌斗嘴，于是溜了出来，跑到音乐室去弹钢琴。"

波洛问道："音乐室就在客厅隔壁，是这样的吗？"

"是的。我弹了好一会儿，直到——直到事情发生。"

"你具体都听见了些什么？"

"噢！一阵从远处传来的声音，像是楼上的什么地方家具翻倒了，接着就是一声非常可怕的喊叫。"他又攥紧了双手，"就像一个地狱里的灵魂在呼号。上帝啊，太可怕了！"

约翰逊说:"就你一个人在音乐室里吗?"

"嗯?不,我妻子,希尔达也在那儿。她是从客厅过去的,我们……我们和其他人一起上了楼。"

他又紧张地补充道:"你们不需要我……描述……到那儿以后都看见了什么吧,不用吧?"

约翰逊上校说:"不,完全不需要。谢谢你,李先生,没别的事了。我想,你并不知道谁想谋杀你的父亲吧?"

戴维·李毫不顾忌地说:"我认为很多人都有这个想法!只是不能确定具体是谁。"

他匆匆走了出去,重重地关上了门。

13

约翰逊上校刚一清嗓子,门就又开了,希尔达·李走了进来。

赫尔克里·波洛饶有兴趣地看着她,他必须承认,研究李家人娶的妻子是项很有意思的课题。有聪明机智、如猎犬般优雅的莉迪亚,有俗不可耐、摆着架子的玛格达莱尼,还有现在这位,让人舒服、有力量感的希尔达。尽管她顶着过时的发型,穿着不流行的衣服,波洛仍看得出,她比外表看起来的还要年轻。她鼠褐色的头发丝毫没有变灰,淡褐色的眼睛透着坚定的眼神,镶嵌在胖胖的脸上,闪着和善之光。他想,这真是一个好女人。

约翰逊上校的口气前所未有地和蔼。

"……我知道你们的压力都很大,"他说道,"我们从你丈夫那儿得知,李夫人,这是你第一次到戈斯顿霍尔来?"

她点头表示同意。

"在此之前,你了解你的公公李先生吗?"

希尔达的嗓音令人愉快。

"没有,我们是在戴维离家后不久结婚的。他一直不想和这个家有任何牵连,在此之前,我们谁都没见过。"

"那么,这次怎么会来呢?"

"我公公写信给戴维,着重强调他已经一把年纪,希望今年圣诞节所有的孩子都能陪在他身边。"

"而你丈夫答应了这个请求？"

希尔达说："他会接受这个请求，恐怕都是由我促成的。我误解了当时的情况。"

波洛插话说："能否解释得更清楚一点儿，夫人？我认为你告诉我们的事或许会很有价值。"

她马上转向他，说："那时我从未见过我公公，不知道他的真实意图是什么。我猜想他又老又孤独，所以想跟孩子们和好。"

"那么在你看来，他的真实意图又是什么呢，夫人？"

希尔达迟疑了一会儿，接着慢慢地开口。

"毫无疑问，我一点也不怀疑，我公公的真实意图不是想和解，而是挑起争斗。"

"以什么方式呢？"

希尔达低声说："暴露人性中最恶劣的本能，他以此为乐。他有些……我该怎么说呢，过头了，顽皮得有些残忍。他希望能让家庭成员们全都彼此不和。"

约翰逊严肃地问："他成功了吗？"

"噢，是的，"希尔达·李说，"他成功了。"

波洛说："夫人，我们得知今天下午发生过一件事。我想，当时的场面堪称激烈。"

她点了点头。

"你能为我们描述一下吗，尽可能如实描述，如果你愿意的话。"

她考虑了一会儿。

"我们进去的时候，我公公正在打电话。"

"给他的律师，对吗？"

"对,他叫查尔顿先生,是这个名字吧,我不太记得了,过来一趟,因为他想立一份新遗嘱。他说那份旧遗嘱过时了。"

波洛说:"仔细想想,夫人。在你看来,你公公是有意让你们都能听到这通电话,还是说碰巧?"

希尔达·李说:"我几乎可以肯定,他是故意让我们听见的。"

"目的就是挑起你们之间的怀疑和猜忌?"

"是的。"

"那么,实际上,他可能根本不打算改动他的遗嘱?"

对此她并不赞同。

"不,我认为这部分确有其事。他很可能确实想立一份新遗嘱。只是他乐于强调一下这件事。"

"夫人,"波洛说,"你知道,我不是官方的人,因此我问的问题或许和英国的执法官员有所不同。我真的很想知道,是什么让你觉得他确实想立一份新遗嘱,我希望你能告诉我你的直觉,而不是观察与推测,你个人的想法。女人,总会第一时间产生些想法,感谢上帝。"

希尔达微微一笑。

"我丝毫不介意告诉你我是怎么想的。我丈夫的姐姐詹妮弗,嫁给了一个西班牙人——胡安·埃斯特拉瓦多斯。他们的女儿,皮拉尔,第一次到这儿来。她是一个非常可爱的女孩,而且,她是这个家唯一的第三代人。她能来老李先生非常高兴,他对她宠爱到了极点。在我看来,他想在新遗嘱里给她留一笔数目可观的钱。在那个旧遗嘱里,他可能只给了她一笔小数目,甚至可能一点儿都没有。"

"你认识你丈夫的姐姐吗?"

"不认识,我从没见过她。我记得她的西班牙丈夫死得很惨,而且就在婚后不久。詹妮弗一年前也死了，皮拉尔成了个孤儿。正因如此，李先生才让她来英国，和他一起住。"

"家里的其他成员欢迎皮拉尔的到来吗？"

希尔达平静地说："我想他们都很喜欢她。家里有一个朝气蓬勃的年轻人，是件令人愉快的事情。"

"她呢，看上去喜欢住在这儿吗？"

希尔达慢悠悠地说："我不知道，对于一个在南部，我指西班牙，长大的女孩来说，这里一定是个阴冷古怪的地方。"

约翰逊说："现在这个情况，即便生活在西班牙也不会太令人愉快。好了，李夫人，我们想听你复述一下今天下午的那场谈话。"

波洛低声道："抱歉，我把话题带偏了。"

希尔达·李说："我公公打完电话之后转过头，看着我们笑，说我们看起来都很阴沉。接着他说他累了，今天想早点休息，任何人晚上都不要来找他。他说他想为圣诞节保持一个良好的状态，差不多就是这样。"

"然后……"她的眉头因努力回忆而紧锁，"我想他说了些关于要一个大家庭才能欢度圣诞之类的话，接着就谈到了钱。他说这个家以后需要更多的开支来维持。他告诉乔治和玛格达莱尼日后必须节省，说她应该自己做衣服。我认为这真是个老掉牙的观点，因此一点儿也不奇怪这会惹恼她。他还说他的妻子针线活儿做得很好。"

波洛温和地问："关于她，他就说了这些吗？"

希尔达脸红了。

"他稍稍提了一下她的头脑。我丈夫深爱着他的母亲，这使他非常难过。就在这时，李先生突然冲着我们所有人吼了起来，他自顾自地发着火。我能理解，当然，他的感受——"

波洛温和的声音打断了她。

"他有什么感受？"

她将平静的目光投向他。

"他很失望，当然了，"她说，"因为他没有孙子，我的意思是没有男孩，李家后继无人。我能看出这一苦恼已经在他心上沉积很久了，突然间，他再也忍耐不住了，因此就把怒气发泄到了儿子身上，说他们是一群容易感伤的老女人这一类的话。当时我很替他难过，因为我能体会到，他的自尊心受到了严重的伤害。"

"后来呢？"

"后来，"希尔达慢慢地说，"我们就都走了。"

"那是你最后一次见到他？"

她点点头。

"案发的时候你在哪儿？"

"我和我丈夫在一起，在音乐室里，他在给我弹琴。"

"后来呢？"

"我们听见楼上传来桌椅倒地、瓷器被打破的声音，发生了一场可怕的打斗。接着就响起他的喉咙被割开时发出的恐怖尖叫……"

波洛说："那尖叫声确实非常可怕，是不是？"他顿了一下，"像地狱里的灵魂发出的？"

希尔达·李说："比那更糟！"

"什么意思，夫人？"

"那像是一个没有灵魂的人发出的……不像是人类的声音，而像野兽……"

波洛严肃地说:"那么,这就是你对他的评价了,夫人?"

她突然悲痛地举起一只手捂住嘴,视线低垂,注视着脚下的地板。

14

皮拉尔警惕地走进房间,就像一只担心落入陷阱的动物。她的眼睛迅速地转来转去,看上去倒不怎么害怕,只是疑虑重重。

约翰逊上校站起来给她拿了把椅子,然后说:"我想你听得懂英语吧,埃斯特拉瓦多斯小姐?"

皮拉尔的眼睛睁得大大的,说:"当然了,我母亲是英国人,实际上我也非常英国化。"

一丝笑意爬上约翰逊上校的嘴边,他看着她那乌黑发亮的头发、骄傲的黑眼睛,以及弯弯的红唇。很英国化!这个词放在皮拉尔·埃斯特拉瓦多斯身上真是太不合适了。

他说:"李先生是你的外公,他让你从西班牙过来,而你几天前刚到,对吗?"

皮拉尔点点头。

"是的。从西班牙出来的这一路,我……噢……经历了好多冒险。有一次天上掉下来一颗炸弹,司机被炸死了,脑袋都不见了,全是血。而我不会开车,所以不得不走了很长的一段路。我不喜欢走路,我的脚又酸又痛,痛极了。"

约翰逊上校笑了,他说:"不管怎样,你还是到了。你母亲经常对你说起外公的事吗?"

皮拉尔快乐地点点头。

"噢，是的，她说他是一个老恶魔。"

赫尔克里·波洛笑了，他说："你到了这儿之后怎么看，这位小姐？"

皮拉尔说："他明显已经非常非常老了，只能坐在椅子里，而且他的脸皱成一团。但我依旧很喜欢他。我想他还年轻的时候一定非常英俊，非常英俊，像你一样。"皮拉尔冲着萨格登警司说。带着纯粹的愉快的目光停留在他英俊的脸上，而那张脸此时已因为她的夸奖而变成砖红色了。

约翰逊上校忍住笑，他还很少看到这位缺乏感情的警司如此失态。

"不过当然啦，"皮拉尔惋惜地继续道，"他不可能像你这么魁梧。"

赫尔克里·波洛叹了口气。

"这么说你喜欢……大个子的男人，是吗，小姐①？"他问道。

皮拉尔热烈地表示赞同。

"噢，是的。我喜欢男人高大、魁梧，还有肩膀要宽，非常非常强壮。"

约翰逊上校严肃地问："你到这儿以后经常和外公在一起吗？"

皮拉尔说："噢，是的，我常去陪他坐着。他告诉我一些事——他说他曾是一个非常恶毒的男人，还跟我讲他在南非干的事。"

"他有没有告诉过你，在他房间的保险箱里有些钻石？"

"是的，他还拿给我看过。可它们不像钻石——更像鹅卵

---

① 此处的小姐为西班牙语。

石——很丑，真的很丑。"

萨格登警司简短地追问："他拿给你看过，是吗？"

"对。"

"他没给你几颗吗？"

皮拉尔摇摇头。

"不，他没有。我想也许有一天他会的，如果我对他好一些，经常去陪他坐着。因为老先生们都喜欢年轻女孩。"

约翰逊上校说："你知道那些钻石被偷了吗？"

皮拉尔的眼睛瞪得大大的。

"被偷了？"

"是的，你知道可能会是谁拿的吗？"

皮拉尔点点头。

"噢，是的。"她说，"一定是霍伯里。"

"霍伯里？你是说那个贴身男仆？"

"对。"

"你为什么觉得是他呢？"

"因为他就长着一张贼脸。他的眼睛总是那样，骨碌碌地转来转去。他走路很轻，爱在门外偷听。他就像一只猫，而所有的猫都是小偷。"

"哦，"约翰逊上校说，"我们先把这件事放到一边。据我了解，今天下午，你们一家人曾聚在你外公的房间里，然后说了一些——呃——气话。"

皮拉尔笑着点点头。

"是的，"她说，"那真是太好玩了。外祖父把他们——噢！气成那样！"

"呃，你觉得很好玩，是吗？"

"对，我喜欢看人们生气，非常喜欢。可是英国人生起气来和西班牙人不一样。在西班牙，他们会掏出刀子，又叫又骂。而英国人什么都不会做，只是脸涨得通红，嘴巴闭得紧紧的。"

"你还记得他们都说了些什么吗？"

皮拉尔看起来有些不能确定。

"我记得不那么清楚。外公说他们都不怎么样，都没孩子。他还说我比他们中的任何一个都强。他喜欢我，特别喜欢。"

"他说了什么关于钱或者遗嘱的事吗？"

"遗嘱？不，我不这么认为。我不记得有这回事。"

"然后发生了什么？"

"大家都走了，除了希尔达，那个胖一点的，戴维的妻子，她留下了。"

"噢，是吗，她留下了？"

"是的。戴维的样子看起来很可笑。浑身颤抖，噢！脸色惨白，看上去好像生病了似的。"

"然来呢？"

"然后我去找斯蒂芬了，我们跟着留声机里的音乐跳舞。"

"斯蒂芬·法尔？"

"对，他从南非来——是外公合伙人的儿子。他也很帅，棕色皮肤，大个子，还有一双美丽的眼睛。"

约翰逊问道："案发的时候你在哪儿？"

"你问我在哪儿？"

"对。"

"我先和莉迪亚一起去了客厅，然后回房间化妆去了，因为待会儿我还要和斯蒂芬跳舞。就在这时，我听见远处传来一声尖叫，每个人都向那儿跑去，于是我也跑了过去。他们正试着把外公的房门撞开,最后是哈里和斯蒂芬一起弄开的,他们俩都是很强壮的男人。"

"是吗?"

"突然,轰隆一下,门开了。我们都往里头看。噢,惨不忍睹,所有东西都被碰翻了,摊了一地,外公躺在一大摊血泊里,喉咙被这样割开了,"她以生动夸张的手势在自己的脖子上比画了一下,"一直到耳朵根。"

她停下来,显然对自己的叙述很满意。

约翰逊问:"那血没让你觉得不舒服吗?"

她盯着他。

"不,为什么?人被杀的时候总会有很多血啊。那儿……噢!太多的血,到处都是!"

波洛说:"有人说了什么吗?"

皮拉尔说:"戴维说了些特别可笑的话。怎么说的来着?噢,对。上帝的磨,他就是这么说的,"她又重复了一遍,清楚地说出每一个词,"上帝——的——磨——这是什么意思?磨是用来做面粉的东西,不是吗?"

约翰逊上校说:"好了,我想目前没什么别的事了,埃斯特拉瓦多斯小姐。"

皮拉尔乖乖地站起身来,飞快地冲他们每个人投以迷人的一笑。

"那么,我走了。"她出去了。

约翰逊上校说:"上帝的磨磨得很慢,但磨得很细[①]。戴维·李竟然说了这么一句!"

[①] 原文为"The mills of God grind slowly, but they grind exceeding small",意思为"天网恢恢、疏而不漏",为了与上文皮拉尔说的话接上,此处为直译。

15

门又开了,约翰逊上校抬起头来,一时间他以为进来的是哈里·李,直到来者走进房间,他才发现了自己的错误。是斯蒂芬·法尔。

"请坐,法尔先生。"他说。

斯蒂芬坐下了,冷静机敏的目光从三人身上一一扫过。他说:"恐怕我帮不了你们什么。不过,请你们随便向我发问,一切你们觉得可能有用的事。也许我最好先解释一下我是谁。我父亲,埃比尼泽·法尔,是西米恩·李以前在南非的合伙人。我说的是四十年前的事了。"

他顿了一下。

"我父亲跟我讲了很多西米恩·李的事,他是个怎样的人。他和我父亲一起发了笔大财,西米恩·李带着一笔钱回了家,而我父亲干得也不错。我父亲总对我说,来这个国家一定要来拜访李先生。有一次我说,事情过去这么久了,他很可能不知道我是谁。可父亲对此一笑置之。他说:'所有经历过我和西米恩所共同经历过的事的男人,都不会把对方忘掉的。'哦,我父亲几年前去世了。今年是我第一次来英格兰,我想最好听从父亲的建议,来拜访一下李先生。"

他淡淡地一笑,接着说下去。

"到这儿的时候我稍微有点儿紧张,但事实上我根本没必要紧张。李先生热情地接待了我,坚持让我留下来,和他的家人一起过圣诞节。我怕会打扰他们,可他根本不许我推辞。"

他又非常不好意思地补充道:"他们都对我非常好——阿尔弗雷德·李先生和夫人,对我好得不能再好了。发生了这样的事,我感到非常难过。"

"你到这儿多长时间了,法尔先生?"

"我昨天到的。"

"你今天见过李先生吗?"

"是的,今天早上我和他聊了一会儿。他那会儿精神很好,非常渴望听到关于人和其他地方的事。"

"那是你最后一次见到他?"

"是的。"

"他有没有跟你提过,他的保险箱里放着些未经切割的钻石?"

"没有。"

赶在他人开口之前,他又加了一句:"你的意思是说,这是起盗窃杀人吗?"

"这个我们还不确定。"约翰逊说,"说到今晚发生的事情,能告诉我们你当时在干什么吗?"

"当然可以。女士们离开餐厅之后,我待在那儿又喝了杯葡萄酒。接着我意识到李家的人有家事要谈,而我在那儿妨碍了他们,便找了个借口离开了。"

"你去干什么了?"

斯蒂芬·法尔靠在他的椅背上,食指抚摸着下巴,回答的声音很呆板。

"我——呃——去了一个铺着镶花木地板的大房间，应该是舞厅之类的地方。那儿有一台留声机，还有舞曲唱片，我放上了一些唱片。"

波洛说："也许，很可能，有什么人也到那儿去和你共舞？"

斯蒂芬·法尔的唇边露出一丝淡淡的笑容。他答道："确实很可能，是的。人总会心怀期待。"

说完他直率地咧开嘴笑了。

波洛说："埃斯特拉瓦多斯小姐非常漂亮。"

斯蒂芬应道："她是我来英格兰后见过的最漂亮的姑娘。"

"埃斯特拉瓦多斯小姐来了吗？"

斯蒂芬摇摇头。

"我在那儿听到了喧闹声，于是来到大厅，飞快地跑上楼，想看看发生了什么事。是我帮哈里·李砸开了门。"

"这就是你所能告诉我们的一切了？"

"恐怕就只有这些了。"

赫尔克里·波洛向前探出身子，柔声道："但我认为，法尔先生，你应该还能告诉我们很多事情，如果你愿意的话。"

法尔厉声问道："你这是什么意思？"

"你还能告诉我们一些在此案中非常重要的事情——李先生是个怎样的人。你说你父亲经常对你说起他，那你父亲是怎么描述他的呢？"

斯蒂芬·法尔回答得很慢。

"我想我明白你在暗示什么。西米恩·李年轻的时候是什么样的？嗯，我想你希望我实话实说吧？"

"如果你愿意的话。"

"好吧，首先，我不认为西米恩·李是一个道德高尚的公民。

倒不是说他是个坏蛋，只是他总游走在法律边缘。关于他的品行，我说不出什么好话，尽管他很有魅力，可以说非常迷人，而且他难以置信地慷慨。走了背运的人去求助于他，没有一个人空手而归的。他喝一点儿酒，但不过量，对女人们很有吸引力，也很有幽默感。另一方面，他记仇的能力也强得可怕。俗话说大象是仇不忘，你也可以这么说西米恩·李。我父亲给我讲过好几件事，关于他如何等上好几年，终于报复了曾经坑过他的人，就此扯平。"

萨格登警司说："这种事两方都不清白。法尔先生，我想你并不知道具体有谁在那儿被西米恩·李狠狠地坑过一把吧？过去的事情中，有可以解释今晚发生的这起案子的吗？"

斯蒂芬·法尔摇摇头。

"他有仇人，这是当然的，像他那样的男人，一定有过。但我并不知道什么具体的人或事。除此之外，"他眯起眼睛，"我了解到——事实上，我去问了特雷西利安——今晚没有任何陌生人靠近过这幢房子。"

赫尔克里·波洛说："除了你之外，法尔先生。"

斯蒂芬·法尔突然转向他。

"噢？原来是这样的啊？怀疑家里面的陌生人！不过你们找不出那类事情的。没有西米恩·李搞垮了埃比尼泽·法尔，埃比的儿子便来为父亲报仇这样的事！不，"他摇摇头，"西米恩和埃比尼泽从没针锋相对过。我到这儿来的原因，就是刚才告诉过你们的，纯粹是出于好奇。此外，我想留声机是个很好的不在场证明，和其他证据一样好用。我一刻不停地换唱片——肯定有人听到声音了。一张唱片的时间绝对不够我冲上楼去的——走廊连起来无论如何也有一英里长——更何况还要割断老人的喉咙，洗去血迹,在其他人跑上去之前回来。这想法太可笑了!"

约翰逊上校说:"我们并没有暗示说是你干的,法尔先生。"

斯蒂芬·法尔说:"我非常不喜欢赫尔克里·波洛先生说话的口气。"

"这……"赫尔克里·波洛说,"可太不幸了!"

波洛亲切地冲他微笑着。

斯蒂芬·法尔则怒气冲冲地看着他。

约翰逊上校马上打圆场。

"谢谢你,法尔先生,目前这样就行了。不过你暂时还不能离开这幢房子。"

斯蒂芬·法尔点点头,起身离开了房间,无所顾忌、大摇大摆地迈着步子。

等门在他身后关上,约翰逊说:"来了个未知数X。他说的故事听起来挺坦诚的,但他仍然是匹黑马。他可能就是来偷那些钻石的——然后编了个故事好让自己混进来。你最好弄到他的指纹,萨格登,看看他有没有案底。"

"我已经弄到了。"警司干巴巴地笑着说。

"好样的,不会放掉任何事。我想你已经查过所有明显的线索了?"

萨格登警司掰着指头核对。

"核查电话——来电时间等情况;调查霍伯里,他是什么时候走的,谁看见他走了;检查所有出入口;简要地调查所有工作人员;调查每位家庭成员的财务状况;联系律师,调查遗嘱的事;搜查整幢房子,寻找武器和染血的衣服——还有钻石可能藏在哪儿。"

"我想已经面面俱到了。"约翰逊上校赞许地说,"你还有什么建议吗,波洛先生?"

波洛摇摇头,说:"我觉得警司调查得非常彻底。"

萨格登沮丧地说:"在这幢房子里寻找钻石,可不是件轻松的事。我这辈子还没见过这么多装饰品和小摆设。"

"肯定有很多可以藏东西的地方。"波洛表示同意。

"你真的没有什么建议吗,波洛?"

上校看上去有点儿失望——就像发现自己的狗拒绝玩游戏了一样。

波洛说:"你允许我用自己的方式吗?"

"当然,当然。"

同时,萨格登警司不明所以地问:"什么方式?"

"我想,"波洛说,"和这个家的成员们——经常地、频繁地——谈话。"

"你是说想再对他们进行一次问讯?"约翰逊上校问,有些迷惑。

"不不,不是问讯——是谈话!"

"为什么?"萨格登问。

赫尔克里·波洛有力地摆了摆手。

"关键点都藏在语言中!如果一个人一直在讲话,他便会不可避免地说出真相!"

萨格登说:"你认为有人在说谎?"

波洛叹了口气。

"亲爱的,每个人都说了谎——但就像那个英国助理牧师的鸡蛋一样,有好有坏[①]。我们要把无害的谎话和关键的谎言区

[①]出自一八九五年英国的幽默周刊杂志《笨拙》(Punch)上记载的一则故事:一个胆小的助理牧师与主教共同进餐时分到一只坏了的蛋,他却说这个蛋还有一部分是好的。

分开。"

约翰逊上校严肃地说："但这件事依旧令人难以置信。这儿有一个异常冷酷残忍的杀人凶手，而我们都有哪些嫌疑人呢？阿尔弗雷德·李和他的妻子——都是知书达理、安静祥和的好人。乔治·李是国会议员，有脸有面的大人物。他的妻子？不过是一个普通的摩登女郎。戴维·李看起来是个柔弱的家伙，他弟弟哈里证实他见了血就受不了。他妻子看起来是一个通晓事理的好女人——但平凡无奇，然后就剩那个西班牙外孙女和从南非来的男人了。西班牙美人脾气很暴躁，可我不认为那个迷人的女郎会冷血地割断老头的脖子，尤其是事实表明她最有理由让他活着，至少要等他立完新遗嘱。斯蒂芬·法尔有可能。换句话说，他可能是一个职业骗子，为了钻石来到这儿，但被老人发现了，于是法尔割断了他的喉咙好让他永远沉默。很可能是这样的，用留声机作不在场证明，不够充分。"

波洛摇摇头。

"我亲爱的朋友，"他说，"比较一下斯蒂芬·法尔先生和老西米恩·李的体格吧！如果法尔决定杀了那个老头，用不了一分钟就能解决。西米恩·李不可能站起来反抗他。有人会相信那个脆弱的老人，和那个魁梧的小伙子搏斗了好几分钟，还弄翻了椅子、打碎了瓷器吗？想想都觉得太荒唐了！"

约翰逊上校的眼睛眯了起来。

"你的意思是，"他说，"杀死西米恩·李的，是一个更加瘦弱的男人？"

"或者一个女人！"警司说。

16

约翰逊上校看看表。

"我想我们没什么可以做的事,你把事情都安排得井井有条,萨格登。噢,还有一件事,我们应该见一下那个管家,我知道你已经问过他了,但我们现在知道了些新情况,确定每个人案发的时候在哪儿,是很重要的。"

特雷西利安慢慢地走了进来。上校叫他坐下。

"谢谢你,先生,我确实需要坐下,如果你们不介意的话。我一直觉得很难受——实在是非常难受。我的腿,还有我的头。"

波洛温和地说:"是的,你受惊了。"

管家颤抖了一下。"发生了多么可怕的事情啊!在这幢房子里!这里一直安安静静的。"

波洛说:"这确实是一幢井然有序的房子,但不快乐,对吗?"

"我不想这么说,先生。"

"很久以前,一家人都还在这儿的时候,那时候大家都快乐吗?"

特雷西利安慢吞吞地说:"那时候或许不能被称为非常和睦,先生。"

"已故的李夫人身患重病,是吗?"

"是的,先生,她非常不幸。"

"孩子们喜欢她吗？"

"戴维先生，他非常爱她。他更像个女儿而不是儿子，她去世后他就离开了家，他在这儿住不下去了。"

波洛说："哈里先生呢？他怎么样？"

"他一直是个狂放的年轻人，先生，但心地善良。哦，天哪，那时真的吓了我一跳，门铃响了——接着又响了一次，显得那么不耐烦。我打开门，门外站着一个陌生人，接着哈里先生的声音响了起来：'嗨，特雷西利安，你还在这儿啊？'和从前一模一样。"

波洛同情地说："那感觉一定很奇怪，肯定的。"

特雷西利安的脸上浮现出一抹红晕，他说："有时候，先生，感觉就好像旧时光并没有远去！我记得在伦敦上演的一出戏讲的大概就是这种事。这一定有些什么道理，先生。一定存在些原因。你总有一种感觉，好像一切都曾发生过。就像门铃响了我去开门，门外站着哈里先生，或者法尔先生之类的其他什么人。而我对自己说，这事我以前做过……"

波洛说："这很有意思，非常有意思。"

特雷西利安感激地看着他。

约翰逊有些不耐烦，清了清嗓子，掌握了谈话的主动权。

"我们只是想再确认一下几处时间问题。"他说，"目前我们了解到，楼上首次有动静的时候，只有阿尔弗雷德·李先生和哈里·李先生在餐厅里。是这样的吗？"

"这个我真的不知道，先生。我端去咖啡的时候，所有的先生都在那儿。但那是在事情发生的一刻钟以前。"

"乔治先生在打电话，这一点你能证明吗？"

"我想的确有人在打电话，先生。我那餐具室里的电话铃响了，如果有人拿起听筒拨号，我那里就会有些微弱的响声。我的确听见了那样的声音，可我当时并没特别注意。"

"你不知道那时的确切时间？"

"我说不上来，先生。我只能告诉你，是在我给先生们上过咖啡之后。"

"你知道在这段时间里，女士们都在哪儿吗？"

"我去收咖啡盘的时候，阿尔弗雷德夫人在客厅里，先生。一两分钟之后，楼上就传来了响动。"

波洛问："她在做什么？"

"她站在最里面的那扇窗户边，先生。她把窗帘拉开了一点儿，正向外望着。"

"其他女士都不在房间里吗？"

"是的，先生。"

"你知道她们在哪儿吗？"

"我完全不知道，先生。"

"你还知道谁在哪儿吗？"

"戴维先生，我想，他在客厅隔壁的音乐室里弹琴。"

"你听见他弹琴了？"

"是的，先生。"老人又抖了一下，"事情发生后，我才觉得那就像一种预兆，先生。他弹的是《葬礼进行曲》。我记得当时我就起了一身鸡皮疙瘩。"

"这很奇怪，嗯。"波洛说。

"关于那个家伙，霍伯里，贴身男仆，"上校说，"你能发誓他在八点钟之前就出去了吗？"

"噢，是的，先生。恰好在萨格登先生到这儿以后。我会记得这件事是因为他打破了一个咖啡杯。"

149

波洛说:"霍伯里打破了一个咖啡杯?"

"是的,先生——一个伍斯特牌的老瓷器。我洗了它们十一年,从没打碎过一个,直到今晚……"

波洛说:"霍伯里为什么要动咖啡杯?"

"是的,先生,他根本就不该碰它们。当时他正拿着一个欣赏,我说萨格登先生来了,他就把杯子掉在地上了。"

波洛说:"你说的是'萨格登先生',还是提到了警察这个词?"

特雷西利安看起来微微有些吃惊。

"你这么一说我想起来了,我说的是警司来了。"

"而霍伯里就把咖啡杯掉在地上了。"

"这么说感觉颇有暗示性。"上校说,"霍伯里问没问什么与警司来访有关的问题?"

"是的,先生,他问警司来这儿干什么,我说他是来劝说李先生为警方的孤儿院募捐的。"

"听到你这么说,霍伯里有没有松了一口气?"

"你知道吗,先生,现在你这么一说,我才想起来的确是这样的。他的态度马上就变了,说李先生是一个老好人,在钱方面很大方。说话的口气很不尊重,然后他就走了。"

"从哪儿走的?"

"从通往下人房的门出去了。"

萨格登插话说:"确实如此,长官。他穿过厨房时厨子和厨娘都看见了,然后他从后门出去了。"

"现在好好听着,特雷西利安,你仔细想想,霍伯里有没有什么办法溜回来而不被任何人发现?"

老人摇了摇头。

"我想不出他能怎么办到,先生。所有门都从里面锁上了。"

"假设他有钥匙呢?"

"门闩还闩着。"

"那他回来时会怎么进屋呢?"

"他有后门的钥匙,先生,用人们都从那个门进来。"

"那他确实可能神不知鬼不觉地回来了啊?"

"他不可能不穿过厨房,先生。厨房直到九点半或九点三刻都有人在。"

约翰逊上校说:"看起来这一点是确定无疑的了。谢谢你,特雷西利安。"

老人站起身来,鞠了一躬离开了房间。但一两分钟之后他又回来了。

"霍伯里刚回来,先生。你们现在要见他吗?"

"是的,请叫他马上过来。"

17

西德尼·霍伯里的样子很不讨人喜欢。他走进房间,站在那儿搓着手,急切地看看这个又看看那个,油腔滑调的。

约翰逊说:"你就是西德尼·霍伯里?"

"是的,先生。"

"李先生的男看护?"

"是的,先生。这件事太可怕了,不是吗?我从格拉迪斯那儿听说的时候,吓得差点儿晕过去。可怜的老先生——"

约翰逊打断了他的话。

"只要回答我的问题就行了。"

"好,先生,当然。"

"你今天晚上几点出去的,去了哪儿?"

"我是快八点时离开的,先生。去了豪华影院,先生,走路只要五分钟。看的电影是《塞维利亚老教堂之恋》,先生。"

"有人看见你在电影院吗?"

"售票处的女士,先生,她认识我。还有看门的,他也认识我。还有——呃——事实上,我是和一位年轻的女士一起去的,先生。我和她约好了在那儿见面。"

"噢,这样啊,是吗?她叫什么?"

"多丽丝·巴克尔,先生。她在联合乳品厂工作,先生,马卡姆路，二十三号。"

"好的，我们会去核实的。看完电影你直接回家了吗？"

"我先把我的女伴送回了家，先生，然后就直接回来了。你会发现我说的都是实话，先生。我和这事一点关系也没有，我——"

约翰逊上校不客气地说："没人说你和这事有关。"

"是的，先生。当然没有，先生。可家里发生了谋杀案，总不是件愉快的事。"

"没人说这是件好事。那么，你为李先生服务多长时间了？"

"刚满一年，先生。"

"你喜欢在这儿的工作吗？"

"是的，先生，我非常满意。薪水很不错。李先生有时候确实很难伺候，不过我在照料残疾人方面很有经验。"

"你有过这方面的经验？"

"噢，是的，先生。我在韦斯特少校和尊贵的贾斯珀·芬奇那儿——"

"具体的待会儿告诉萨格登。我想知道的是，你今晚最后一次见到李先生是在什么时候？"

"大约是在七点半，先生。李先生晚上吃得很少，每晚七点晚餐会送到他的房里，然后我就去为他铺床。晚餐后他会穿着睡衣坐在壁炉旁，直到他觉得想去睡了。"

"通常他几点想去睡？"

"每天都不一样，先生。有时候他八点就睡了，这表示他觉得很累；有时候他会一直坐到十一点或更晚才睡。"

"当他想上床睡觉时，他会怎么做？"

"通常他会按铃叫我，先生。"

"然后你就去帮他上床?"

"是的,先生。"

"但今晚你休息。你总是星期五休息吗?"

"是的,先生,星期五是我固定的休息日。"

"你休息的时候,李先生想睡觉怎么办呢?"

"他还是会按铃,然后特雷西利安或沃尔特就会上去。"

"他不是完全不能行动吧?他可以走动吗?"

"能走,先生,只是比较困难。他得的是风湿性关节炎,情况时好时坏的。"

"白天他从不到别的房间去吗?"

"是的,先生。他就喜欢待在那个房间里,李先生并不追求奢侈的享受。况且那个房间非常大,通风良好,光线充足。"

"你说李先生七点钟吃晚饭?"

"是的,先生。然后我把托盘收走,拿出雪利酒和两个玻璃杯,放在写字台上。"

"为什么这么做?"

"李先生吩咐的。"

"这是他的习惯吗?"

"有时候这样。家里有条规矩,除非李先生邀请,否则晚上的时候谁都不能上楼去找他。有时候他喜欢晚上一个人待着。想找人陪时他会派人到楼下去叫阿尔弗雷德先生或夫人,或者两个人都叫上,让他们吃完晚饭上去。"

"可是,就你所知,今晚他并没有这么做?也就是说,他没捎口信给任何一位家庭成员,叫他们上来?"

"至少他没派我捎这样的口信,先生。"

"那么,他等的就不是家里人?"

"他也可能亲自跟他们说,先生。"

"当然啦。"

霍伯里接着说:"我看一切都安排妥当,就对李先生道了晚安,离开了房间。"

波洛问道:"你离开房间前给壁炉添柴了吗?"

贴身男仆犹豫了一下。

"没这个必要,先生,火烧得很好。"

"李先生自己能添柴吗?"

"噢,不,先生。我想可能是哈里·李先生添的。"

"你在晚饭前进去的时候,哈里·李先生正和他在一起?"

"是的,先生。我一进来他就走了。"

"在你看来,他们两个的关系怎么样?"

"哈里·李先生看起来情绪不错,先生。他把头向后仰着,大声笑了半天。"

"李先生呢?"

"他很安静,一脸沉思的样子。"

"明白了。另外,还有一些事我们想知道。霍伯里,关于李先生放在保险箱里的钻石,你能告诉我们些什么?"

"钻石,先生?我从没见过什么钻石。"

"李先生在房间里放了不少未经切割的钻石,你一定见过他拿着它们玩吧。"

"那些可笑的小鹅卵石,先生?是的,我见他拿出来过一两次,但我不知道那些是钻石。他昨天还给那位外国女士看呢,还是前天来着?"

约翰逊上校突然说道:"那些钻石被偷了。"

霍伯里叫了起来:"先生,我希望你不是认为这件事和我有什么关系吧？"

"我没有提出任何指控。"约翰逊说，"现在，你能不能告诉我们一些和这件事有关的线索？"

"先生，您是指钻石，还是谋杀？"

"都可以。"

霍伯里思考着，用舌头舔着发白的嘴唇。最后他抬起头来，眼睛里有一抹鬼鬼祟祟的阴影。

"我认为没什么可说的，先生。"

波洛轻声道："你没有无意中听到什么，比如在你当班的时候，有可能对我们有帮助的事吗？"

男仆的眼睛眨了一下。

"没有，先生，我不这么想。李先生和……某些家庭成员，相处得有些尴尬。"

"哪些家庭成员呢？"

"我感觉，哈里·李先生的归来带来了些麻烦。阿尔弗雷德·李先生反对这件事，我知道他和他父亲谈起过，但谈话内容仅限于此。李先生没有指责他偷了钻石什么的，而我敢肯定，阿尔弗雷德先生不会做出这样的事。"

波洛飞快地说："他和阿尔弗雷德的那次会面，发生在他发现钻石丢失之后，对吗？"

"是的，先生。"

波洛向前探出身子。

"我想，霍伯里，"他柔声道，"你并不知道钻石失窃了，直到刚才我们告诉你这件事。那么，你怎么会知道李先生先发现钻石失踪，然后才和儿子有了一次谈话呢？"

霍伯里的脸变成了砖红色。

"撒谎是没有用的，说出来吧，"萨格登说，"你是什么时候知道的？"

霍伯里不乐意地说："我听见他给什么人打电话时提到了这件事。"

"你当时并不在房间里？"

"对，我在门外。听得不太清——只听见了一两个词。"

"你到底听见了什么？"波洛和气地问。

"我听见了'盗窃'和'钻石'，我还听见他说，'我不知道该怀疑谁'，又听见他说今晚八点什么的。"

萨格登警司点点头。

"他是在跟我讲话，小子。那时大约是五点十分，对不对？"

"对，先生。"

"接着你走进他的房间时，他看起来很不高兴吗？"

"只有一点儿，先生，看起来好像心不在焉而且忧心忡忡。"

"但已足以让你害怕了，对吗？"

"够了，萨格登先生，我不喜欢您这么说话。我从没碰过什么钻石，我没有，而且您无法证明这件事是我干的，我不是个贼。"

萨格登警司不为所动。

"这还不能断言。"他瞥了一眼上校，后者点点头。萨格登警司接着说："行了，小子，今晚没你什么事了。"

霍伯里草草地道谢，就匆忙出去了。

萨格登赞赏道："干得漂亮，波洛先生。你这一招是我所见过的最干脆利落的。不管他是不是贼，都是个一流的说谎大王。"

"一个不讨人喜欢的人。"波洛说。

"一个下流小人。"约翰逊表示同意，"现在的问题是，我们怎么看待他的证词？"

萨格登已将情况总结得有条有理。

"在我看来,目前有三种可能:第一,霍伯里既是窃贼又是凶手;第二,霍伯里是贼,但不是凶手;第三,霍伯里是无辜的。如果是第一种情况,事情的经过就是:他偷听了电话,得知偷窃钻石的事已被发现,从老人的态度推测,他被怀疑了。于是他制定了计划,八点钟时大摇大摆地出去,以伪造一个不在场证明。从电影院里溜出来,再神不知鬼不觉地回去,是非常简单的。只不过他要确保那个年轻姑娘不会出卖他。明天我会去看看能从她那儿问出点儿什么。"

"可他要怎么回到这幢房子里来呢?"波洛问道。

"那确实有点儿困难。"萨格登承认,"但总会有办法的。比如一个女仆给他开了侧门。"

波洛嘲讽地挑了挑眉毛。

"也就是说,他要把性命放在两个女人的手中?靠一个女人就要冒很大的风险了,而两个——好吧,我难以想象这风险有多大!"

萨格登说:"有些罪犯觉得他们能在任何情况下逃脱罪责!"

他接着说道:"我们再来看看第二种可能。霍伯里偷了那些钻石,今晚就把它们带了出去,可能已经转交给某位同伙。这很容易做到,而且可能性很高。而另有其人,选择今晚来谋杀李先生。这个人完全不知道钻石这回事。当然,这确实有可能,只是有点儿过于凑巧了。

"第三种可能——霍伯里是无辜的。别的什么人拿走了钻石并且谋杀了老先生。事情就是这样了,轮到我们去找出真凶。"

约翰逊上校打了个哈欠,看了看表,站起身来。

"好吧,"他说,"我想我们要忙活上一夜了吧?走之前最好再去看一眼保险箱,要是那些令人头疼的钻石还在那儿,那可就怪了。"

钻石的确不在保险箱里。他们在阿尔弗雷德·李说的地方找到了密码——放在死者睡衣兜里的小笔记本上。他们在保险箱里发现了一个空麂皮袋子,以及一堆文件。其中只有一份引起了他们的兴趣。

那是一份十五年前签署的遗嘱。在各项复杂的遗产及物品清单之后,分配条款意外地简单。西米恩·李将一半遗产留给阿尔弗雷德·李,剩下的一半等分成四份,分给另外几个孩子:哈里、乔治、戴维和詹妮弗。

第四部分　十二月二十五日

1

在圣诞节当日中午灿烂的阳光下,波洛走进戈斯顿霍尔的花园。主体建筑本身就是一幢坚固的大房子,外观上没什么特别浮夸的装饰。

而现在这边,南面有一道宽阔的阳台,环绕着修剪整齐的紫杉做树篱。石板路的缝隙间种着些小型植物,沿着阳台分布着几处石槽,被布置成微缩庭院。

波洛低头研究着那些微型园林,低声赞赏道:"多么出色的设想啊!"

他看见远处有两个身影,正朝约三百码远的一处装饰性池塘走去。其中一个是皮拉尔,她的身影很容易认。而起初波洛以为另一个是斯蒂芬·法尔,接着才认出和皮拉尔走在一起的男人是哈里·李。哈里好像对他这个迷人的外甥女很殷勤,走在路上的他不时仰起头大笑,接着又低下头,更殷勤地靠近她。

"显然,这儿有一个人没在哀悼。"波洛自言自语道。

一声轻微的响动让波洛转过身来。玛格达莱尼·李站在那儿,也看着渐渐远去的那一男一女。她扭过头来,冲波洛露出迷人的微笑。

她说:"真是阳光灿烂的好天气啊!让人几乎不敢相信昨晚发生了那么可怕的事,是不是,波洛先生?"

"确实很难相信,没错,夫人。"

玛格达莱尼叹了口气。

"我以前从未经历过这类悲惨的事。现在我——我才算真正地长大了。我一直是个孩子,太久太久了,我想,这不是一件好事。"

她又叹了口气,接着说道:"皮拉尔,她看上去镇静得出奇,我想这是因为她有西班牙血统。这一切都太奇怪了,不是吗?"

"哪儿奇怪,夫人?"

"她的到来。毫无征兆,突然出现在这儿!"

波洛说:"我听说李先生已经找她找了相当一段时间了,他曾与驻马德里的领事,以及她母亲去世的地方——阿利夸拉的副领事通过信。"

"他一直对这事保密,"玛格达莱尼说,"阿尔弗雷德什么都不知道,莉迪亚也是。"

"啊!"波洛说。

玛格达莱尼靠近了他一点儿,他可以闻到她身上美妙的香水味。

"你知道吗,波洛先生,有关詹妮弗的丈夫埃斯特拉瓦多斯,有很多故事。婚后不久他就死了,而且死得有些蹊跷。阿尔弗雷德和莉迪亚知道怎么回事。我想肯定是一些——不光彩的事……"

"这……"波洛说,"真是悲惨啊。"

玛格达莱尼说:"我丈夫认为——而我也同意他的意见——家里人有权知道这个女孩儿的身世。如果她的父亲是一个罪犯——"

她停下来,但赫尔克里·波洛什么都没说。他似乎正欣赏着眼前的自然美景——在戈斯顿霍尔庭院中看到的冬日景色。

玛格达莱尼说:"我总觉得我公公死的方式暗示着什么。这、这太……不英国式了。"

赫尔克里·波洛慢慢地转过脸来,神色凝重地看着她,目光中带着询问。

"嗯,"他说,"你认为这更……西班牙式?"

"这个……太残忍了,不是吗?"玛格达莱尼带着孩子气的语调说,"就像斗牛之类的!"

赫尔克里·波洛轻松地说:"你的意思是,在你看来,是埃斯特拉瓦多斯小姐割断了她外公的喉咙?"

"噢,不,波洛先生!"玛格达莱尼的反应很激烈,像是被吓了一跳,"我可从没说过类似的话!真的没有!"

"好吧,"波洛说,"也许你没有。"

"但我的确认为,她……嗯,很可疑。比如说,昨晚她从那个房间的地板上捡起什么东西时那鬼鬼祟祟的样子。"

赫尔克里·波洛的语气突然不一样了,他严厉地问:"昨晚她从地上捡起了什么东西?"

玛格达莱尼点点头,她那孩子气的嘴巴不怀好意地撇了撇。

"是的,就在我们刚进屋的时候。她迅速地瞟了一眼四周,看有没有人在看她,接着一把捡了起来。不过还是被警司看见了,为此我很高兴,并叫她交了出来。"

"你知道她捡起了什么吗,夫人?"

"不知道,我离得太远了,看不见。"玛格达莱尼的声音里带着遗憾,"是个很小的东西。"

波洛皱起眉。

"这很有意思。"他喃喃道。

玛格达莱尼急切地说:"是的,我想你应该知道这件事。说到底,我们都对皮拉尔的成长经历和生活背景一无所知。阿尔弗雷德总是顾虑重重,而亲爱的莉迪亚又太大而化之。"接着她嘟囔道,"我最好去看看能不能帮莉迪亚做些什么,可能有些信件要写。"

她从他身边走开,嘴角上挂着一抹阴谋得逞的笑容。

波洛站在阳台上,深陷沉思。

2

萨格登警司向他走来，看上去闷闷不乐的。他说："早上好，波洛先生。说'圣诞节快乐'好像不太合适，是不是？"

"我亲爱的同事，在你脸上，我确实看不到一丝快乐的迹象。即使你已经说了'圣诞节快乐'，我也不想说'年年如此'。"

"确实，我可不希望再过一个这样的圣诞节。"萨格登说。

"有些进展了吗？"

"我去核查了很多问题。霍伯里的不在场证明无懈可击，电影院门口的守门人说他看见霍伯里和那个姑娘一起进场，电影散场的时候也看到他和她一起走出来，而且基本确定他没有离开过，更不可能在放映中途离开又回来。那个姑娘，则笃定地发誓说他一直和她待在电影院里。"

波洛扬起双眉。

"这么一来，我看不出还有什么好说的了。"

萨格登冷嘲热讽道："哦，你永远搞不懂一个女人的心思！她们能面不改色地为一个男人撒谎。"

"这可以证明她们的心意。"赫尔克里·波洛说。

萨格登愤愤不平。

"你是外国人才会这么看，这么做违背了公平与正义。"

赫尔克里·波洛说："正义本来就是一样奇怪的东西。你就从来没怀疑过它吗？"

萨格登注视着他，说："你真是一个怪人，波洛先生。"

"完全不是，我遵从逻辑思维。可我们不要再为这个问题争论了。那么，你认为，这位牛奶店少女没说真话？"

萨格登摇摇头。

"不，"他说，"看起来不像是这样的。事实上，我认为她说的都是真话。她是个单纯的姑娘，如果她编了一套谎话，我会发觉的。"

波洛说："你是有这方面经验的，是吗？"

"事情很简单，波洛先生，如果一个人一辈子都在记录证词，那他就能多多少少看出人们是否在撒谎。不，我认为那个姑娘说的是真的，而这样一来，霍伯里就不可能杀了李先生，我们的调查就又要回到这家人中了。"

他深深地吸了口气。

"是他们中的一个干的，波洛先生，他们中的一个。可会是谁呢？"

"你没什么新消息吗？"

"有，在电话问题上我运气不错。乔治·李往韦斯特林厄姆打的那通电话是九点差两分，电话打了六分钟。"

"啊哈！"

"啊哈！此外，再没有人用过电话了——无论是往韦斯特林厄姆还是其他地方。"

"确实很有意思，"波洛赞许地说，"乔治·李先生说，他刚打完电话，就听到头顶上传来骚动——但实际上，那时候已经距他挂断电话过去十分钟了。在那十分钟里，他在哪儿呢？乔治·李夫人说她那时正在打电话，但实际上她根本就没打过电话，她又在哪儿呢？"

萨格登说："我刚才看见你在和她说话，波洛先生。"

他的语气里带着疑问，但波洛答道："你错了！"

"呃？"

"我没和她说话，是她在和我说话！"

"噢——"萨格登好像想把这一细微差别置之不理，但很快他似有所悟，"你是说，她在和你说话？"

"是这样，她特意出来找我说话。"

"她想说什么？"

"她想强调这么几点：这起案子非常不英国；埃斯特拉瓦多斯小姐可能继承了些不好的血统，主要指她父亲那边；昨晚埃斯特拉瓦多斯小姐鬼鬼祟祟地从地板上捡起了什么东西。"

"她跟你说了，对吗？"萨格登感兴趣地说。

"是的，那位小姐到底捡起了什么？"

萨格登叹了口气。

"我可以给你三百次机会让你猜！我会给你看的，是那种在侦探小说中可以解开整个谜团的东西！如果你能从中看出什么，我就从警察局退休！"

"给我看看。"

萨格登警司从口袋里拿出一个信封，把里面的东西倒在手心里。一丝淡淡的笑容爬上他的脸颊。

"给你，你看出了什么？"

在警司宽阔的手掌里，有一小片三角形的粉色橡胶和一小块木栓。

波洛拿起那些东西，皱着眉头看时，警司的嘴咧得更开了。

"你看出什么了吗，波洛先生？"

"这一小块东西可能是从装盥洗用具的防水袋上剪下来的。"

"是的,它来自于李先生房间里的一个橡胶盥洗用品袋。有人拿了一把锋利的剪刀,从上面剪下三角形的一小块。也可能是李先生自己干的,而难住我的是他为什么要这么做。关于此事,霍伯里提供不了任何帮助。而那个小木栓,大小和玩克里比奇①时用的木钉差不多,但玩牌时用的大多是象牙做的。这个只是一块粗糙的木头——稍微削了削,我不得不这么说。"

"值得研究一下。"波洛咕哝道。

"你想要就留着吧,"萨格登大方地说,"我用不着它们。"

"我的朋友,我不能从你这儿拿走它们。"

"你也没看出什么吗?"

"我必须承认,什么都没有。"

"这可太妙了!"萨格登大声嘲讽着,又把它们放回到口袋里,"我们继续吧!"

波洛说:"乔治·李夫人详细描述了那位年轻女士如何弯下腰、捡起这些不重要的小东西,一脸鬼鬼祟祟的样子。这是真的吗?"

萨格登思考着这个问题。

"呃,不,"他回答得有些迟疑,"在我看来没那么夸张。她看起来并不心虚,完全不是那样的,但她下手时的确相当……迅猛又安静,希望你明白我的意思。而且她不知道我看见她拿了!这一点我能肯定。我责问她的时候她吓得跳了起来。"

波洛沉思着说:"这么说肯定是有原因的了?可是能有什么原因呢?那一小块橡胶相当新,还没被用过,它又能拿来做什么

---

① 克里比奇(Cribbage)是一种纸牌游戏,传统玩法里会用一个木板计分,木板上有很多凹槽,由文中提到的木钉(Cribbage Peg)塞入凹槽计分。

呢？另一方面——"

萨格登不耐烦地说："这个，如果你愿意的话，可以继续为这个操心，波洛先生，我还有别的事情要考虑。"

波洛问道："在你看来，目前我们该怎么处理这件案子？"

萨格登拿出他的笔记本。

"让我们回到事实上吧。首先找出不可能做这件事的人，先把他们排除在外。"

"他们是？"

"阿尔弗雷德和哈里·李。他们的不在场证明是确定的。还有阿尔弗雷德·李夫人，就在楼上开始骚动的前一两分钟，特雷西利安看见她在客厅里。这三个人没有问题。接下来看看别人，这里有一份我写的名单，为了看起来一目了然。"

他把笔记本递给波洛。

	案发时
乔治·李	？
乔治·李夫人	？
戴维·李	在音乐室弹琴（已由他的妻子证实）
戴维·李夫人	在音乐室（已由她的丈夫证实）
埃斯特拉瓦多斯小姐	在她的卧室（没人证实）
斯蒂芬·法尔	在舞厅听留声机（已由三位用人证实，他们在下人房里听见了音乐声）

波洛把名单还回去，说："所以呢？"

"所以，"萨格登说，"乔治·李可能杀了那个老头，也可能是乔治·李夫人杀的，也可能是皮拉尔·埃斯特拉瓦多斯杀的。

戴维·李先生或夫人也有可能杀了他，但不可能共同犯案。"

"这么说，你不接受他们的不在场证明？"

萨格登警司断然摇头。

"决不接受！丈夫和妻子——两个愿为对方奉献的人！他们有可能都牵涉其中，也有可能一个人作案，另一个准备好提供不在场证明。关于这一点我是这么看的：有人在音乐室里弹琴，那个人可能是戴维·李，而且很有可能就是他，因为他是一位公认的音乐家。但他妻子在不在那儿就不知道了，眼下只有他和他妻子作证。同样地，也有可能是希尔达在弹琴，而戴维·李偷偷地爬上楼杀了他父亲！不，这和同在餐厅里、互相作证的两兄弟完全不一样。阿尔弗雷德·李和哈里·李彼此之间没有好感，两人都不会为了另一个做伪证。"

"斯蒂芬·法尔呢？"

"他是一个怀疑对象，因为他的留声机证据有些薄弱。但从另一个角度说，这种不在场证明其实要比那种'绝对不在现场的铁证'要更可靠，那种证据十有八九是事前伪造好的。"

波洛若有所思地点点头。

"我懂你的意思。这种证据更像是事先不知道会被叫去提供不在场证明的人能提供的证据。"

"没错！而且无论如何，不管怎么说，我都不太相信一个陌生人会卷进这件事里来。"

波洛马上说："我同意你的看法，这是一件家务事。这种危险与生俱来——是私人的，根深蒂固的。我想，这里面有仇恨，也有理解……"他摆摆手，"我不知道——这太难了！"

萨格登警司恭敬地等他说完，但这番话似乎并未打动他。

他说："是这样的，波洛先生。但我们会发现真相的，不用怕，我们有排除法和逻辑思维。现在我们已经找到了可能性——有犯罪机会的人：乔治·李，玛格达莱尼·李，戴维·李，希尔达·李，皮拉尔·埃斯特拉瓦多斯，请允许我加上斯蒂芬·法尔。接下来我们看看动机，谁有动机干掉老李先生呢？我们可以再次运用排除法，除掉一些人：埃斯特拉瓦多斯小姐就是一个。我想，在如今生效的这份遗嘱中，她什么也得不到。如果西米恩·李比她母亲先死，那她母亲那份就会传给她——不管她母亲愿不愿意——但由于詹妮弗·埃斯特拉瓦多斯在西米恩·李之前去世，那份遗产就要由其他家庭成员分割了。因此，对埃斯特拉瓦多斯小姐而言，绝对是老人活着对她更有利。他非常喜欢她，几乎可以很肯定，他会在新遗嘱里给她留一大笔钱。谋杀对她有百害而无一利，你同意吗？"

"完全同意。"

"当然，还存在一种可能，在激烈的争吵中，她割断了他的喉咙。但在我看来，这不太可能。首先，他们目前的感情非常好，她到这儿的时间不长，还可以忍受他，不至于心生厌恶。因此，看起来埃斯特拉瓦多斯小姐和本案没什么关系——除非你硬要说割断一个男人的喉咙不像是英国人会用的手段，正如你的朋友乔治夫人所说的那样。"

"可别说她是我的朋友，"波洛急忙说，"不然我可要说埃斯特拉瓦多斯小姐是你的朋友了，她说你是一个英俊的男人！"

波洛高兴地看着警司摆出的职业姿态再次瓦解。警司的脸涨得通红，波洛带着一种恶作剧似的笑容看着他。

波洛开口了，语气里带着一丝渴望。

"说起来，你的胡子，确实特别棒……告诉我，你是不是用了什么特殊的润发油？"

"润发油？天哪，没有！"

"那你用什么？"

"用什么？什么都不用，这是——天然的。"

波洛叹了口气。

"你真是得到了上天的宠爱。"他抚摸着自己那浓密的黑胡子，又叹了口气，"保养起来太昂贵了，"他嘟囔着，"维持色素的试剂又会使毛发干枯、失去天然的光泽。"

萨格登警司对美发的问题一点儿也不感兴趣，他木讷地接着说下去。

"在动机问题上，我想我们或许可以排除斯蒂芬·法尔先生。问题只可能出在他父亲和李先生之间，或许存在些欺骗，他父亲是受害者，可我很难相信。说到这个问题时，法尔的态度非常轻松、确定，他相当自信——而且我认为那不是装出来的。我认为在他身上找不出什么线索来。"

"我也不认为能找到。"波洛说。

"还有一个人，更希望老李先生活着——他的儿子哈里。他确实也能从这份遗嘱中受益，但我不认为他知道这件事，更不可能确定！大家普遍认为，自哈里与家断绝了关系，他就肯定被剥夺继承权了。而现在，他回来了，正准备重新得宠呢！父亲要立一份新遗嘱，对他来说只有好处。他不会傻到这时候杀死他。事实上，如我们所知，他也做不到。看看我们的进展，我们已经排除掉很多人了。"

"太对了，很快就会一个也不剩了。"

萨格登咧嘴笑了。

"不会发展得那么快！现在还剩下乔治·李和他的妻子，以及戴维·李夫妇。他们都能从李先生的死中获益，而且就我所了解到的，乔治·李很贪钱。特别是他父亲威胁说要削减给他的生活费。所以，我们发现乔治·李既有动机又有机会！"

"接着说。"波洛说。

"还有乔治·李夫人！她爱钱就像猫爱奶酪，而且我敢打赌，她肯定负债累累！她嫉妒那个西班牙女孩，很快看出那个女孩正在赢得老人的偏爱。她听到他要请律师来，便迅速出击了。这么说是说得通的。"

"有这个可能。"

"再看戴维·李和他妻子。当前这份遗嘱里有他们，但我认为，对他们来说，钱不是主要动机。"

"不是吗？"

"不是。戴维·李看上去有些像梦想家，并不唯利是图。但他——他很……古怪。在我看来，可能有三种动机导致这起谋杀案：钻石纠纷，遗嘱，还有，呃，只是单纯的仇恨。"

"啊，你也看出这一点，是吗？"

萨格登说："当然啦，我打从一开始就有这个想法了。如果是戴维·李杀死了他的父亲，我认为不是为了钱。而且，如果他是凶手，或许就可以解释……呃，为什么会有那么多血了！"

波洛赞许地看着他。

"是的，我一直在等你把这一点考虑在内。太多血了——阿尔弗雷德夫人是这么说的。它让人想起古代的仪式，血祭，用鲜血涂满献祭者全身……"

萨格登皱起眉头说："你觉得凶手是个疯子？"

"我的朋友，一个人身上，藏着各种各样的本性，有很多他自己都没意识到。比如对鲜血的渴望，对献祭的渴求！"

萨格登怀疑地说："但戴维·李看上去是一个安静无害的

家伙。"

波洛说："你不懂心理学。戴维·李是一个生活在过去的人——对母亲的记忆在他的心中仍然栩栩如生。他离开父亲生活了这么多年，是因为他还不能宽恕父亲曾那样对待他的母亲。这次他回来，让我们假设他想借此表示原谅，但也许，他发现自己无法原谅……有一点我们是知道的——当戴维·李站在他父亲的尸体旁时，他心里的某个部分是愉悦的、满足的。'天网恢恢，疏而不漏。'惩罚！报应！之前所有的罪恶都一笔勾销了。"

萨格登突然哆嗦了一下，说："别这么说，波洛先生，你吓了我一跳。也许事情就像你所说的那样。那么，戴维夫人是知道的，并且，这意味着她在尽其所能地掩护他。我能想象她会这么做，但我无法想象她是一个杀人犯，她是个令人愉快的普通女人。"

波洛好奇地看着他。

"她给你这种印象？"他小声问。

"嗯，是的——一个贤妻良母。如果你明白我什么意思！"

"噢，我完全明白你的意思！"

萨格登看看他。

"现在，来吧，波洛先生，你对这起案子也已经有了些想法，说说看吧。"

波洛慢悠悠地说："我确实有了一些想法，但还相当模糊。还是让我先听听你对这起案子的总结吧。"

"哦，我说过的，三种动机：仇恨，利益，还有钻石纠纷。我们先按时间顺序罗列一下事实：

"三点三十分，家庭聚会。所有家庭成员都听到他与律师在电话中的谈话。接着老人冲家人们发泄了一通，并让他们全都滚蛋，他们便像一群受惊的兔子一样溜了出去。"

"希尔达·李留下了。"波洛说。

"她确实留下了，但没待多久。接着大约六点钟，阿尔弗雷德与他父亲见了一次面——一次不愉快的会面。哈里重新得宠，这让阿尔弗雷德很不高兴。阿尔弗雷德自然成为我们的主要怀疑对象，目前他拥有最强烈的动机。他们正聊着，哈里来了，为了赢得老头的欢心，他总是兴致勃勃，老头让他干吗他就干吗。但在这两次会面之前，西米恩·李已经发现钻石失窃了，并给我打了电话。可他没跟任何一个儿子提钻石丢失的事，为什么呢？在我看来，这是因为他很肯定，他们两个都和这事没关系，都不在嫌疑人之列。就像我一直说的，老头怀疑霍伯里和另一个人，而且我很清楚他打算干什么。还记得吗？他明确地说当天晚上不希望任何人上来看他，为什么？因为他要为两件事做准备：第一，我的来访；第二，另一个嫌疑人的来访。他叫某人晚饭后马上来见他。那个人可能是谁呢？可能是乔治·李，更有可能是他的妻子。还有一个人，此时再次走进我们的画面——皮拉尔·埃斯特拉瓦多斯。他给她看过那些钻石，告诉过她它们的价值。我们怎么知道那个女孩不是贼呢？别忘了有关她父亲行为不检点的暗示。也许他是一个职业窃贼，最后因此进了监狱。"

波洛慢慢地说："好，就像你说的，皮拉尔·埃斯特拉瓦多斯又回到了我们的调查中……"

"对，作为一个贼，而不是别的。她可能一时失去了理智，意识到时她已经扑向外公，袭击了他。"

波洛慢吞吞地说："这有可能——是的……"

萨格登警司热切地看向他。

"但你并不这么看？好了，波洛先生，你到底是怎么想的？"

波洛说:"我总会回到一件事上:死者是个怎样的人。西米恩·李是一个怎样的人?"

"这没什么神秘的啊。"萨格登盯着他说。

"那你告诉我,以一个当地人的眼光来看,他是个怎样的人?"

萨格登警司不确定地摸着下巴,看起来有些不知所措。他说:"我并不是个本地人,我来自里夫斯什尔,在国境线那边——邻郡。但在这一带,李先生都算是个知名人物,我对他的了解大都来自于传闻。"

"是吗?是怎样的传闻呢?"

萨格登说:"嗯,他是个很厉害的家伙,很少有人比得过他。但在钱方面,他很慷慨,天生大方。我很惊讶作为这个人的儿子,乔治·李怎么会与父亲完全相反!"

"啊!这个家里明显存在两种血统:阿尔弗雷德、乔治和戴维,他们三个,至少从表面上看,很像母亲那边的人。今天早上我看了看画廊里的画像。"

"他脾气暴躁,"萨格登警司接着说,"而且当然了,他在女人方面名声很坏——在他年轻的时候,他已经病了很多年了。即使在异性交往方面,他也一向表现得很慷慨。一旦惹出什么麻烦,他总会付一大笔钱,让那个女孩尽早出嫁。他或许劣迹斑斑,但从不吝啬。他对妻子很不好,总追求别的女人,忽略她的存在。人们都说她是伤心而死的。这么说很不负责,但我相信她确实非常不幸,可怜的夫人。她一直身体不好,因此不怎么外出。毫无疑问,李先生是一个怪人,同时生性记仇。人们都说,每一个伤害过他的人,他都会还以颜色,他从不在意要为此等待多长时间。"

"天网恢恢，疏而不漏。"波洛喃喃道。

萨格登警司重重地说："不如说是魔鬼之网！西米恩·李身上没有一丝高尚可言。你可以说他是那种把自己的灵魂卖给魔鬼，还高兴地数钱的人！他还很骄傲，像堕落天使路西法一样骄傲。"

"像堕落天使路西法一样骄傲！"波洛说，"这句话很有暗示性。"

萨格登警司不解地说："你该不会想说，他是因为骄傲而被谋杀的吧？"

"我想说的是，"波洛说，"遗传。西米恩·李把他的骄傲传给了儿子们——"

他突然停了下来。希尔达·李从房子里走出来，正向阳台这边张望着。

3

"我在找你,波洛先生。"

萨格登警司找了个借口告辞回房子里去了。希尔达目送着他离去,说:"我不知道他和你在一起,我以为他和皮拉尔在一起呢。他看起来是个好人,考虑问题十分周密。"

她的声音低沉悦耳,带着一种安抚人心的力量。

波洛问道:"你说你想见我?"

她点点头。

"是的,我认为你可以帮助我。"

"我会很高兴这样做的,夫人。"

她说:"你是一个很聪明的人,波洛先生,我昨晚就看出来了。我想,有些事情你很容易就能发现,我希望你能理解我丈夫。"

"什么呢,夫人?"

"我不会对萨格登警司说这些话的,他不会明白,但你可以。"

波洛微微欠身表示感谢。"你过奖了,夫人。"

希尔达继续平静地说:"我丈夫一直是一个……从我嫁给他时起,就是一个我只能形容为精神残废的人。"

"啊!"

"当一个人的肉体受到一些极大的伤害,他会深受打击、感到痛苦,但会慢慢地康复,肌肉重生、骨头弥合。也许恢复得不那么好,或者留下一道轻微的疤痕,但不会有更严重的事了。而我丈夫,波洛先生,在他最敏感的年纪受到了精神上的极大伤害。他崇拜他的母亲,又亲眼看着她死去,他相信他的父亲在道义上对她的死负有责任。他再也没能从那次打击中恢复,对父亲的愤恨从未平息。是我说服戴维来这儿过圣诞节的,来和他父亲和解。我想这样做——全是为了他——能让那个精神伤口愈合。现在我意识到来这儿是个错误。西米恩·李以刺探他的旧伤为乐,那是一件非常危险的事……"

波洛说:"你是想告诉我,夫人,你丈夫杀了他父亲吗?"

"我想告诉你的是,波洛先生,他差一点就那么做了……另外我还要告诉你——他没有那么做!当西米恩·李被杀的时候,他的儿子在弹《葬礼进行曲》,杀人的欲望埋藏在他的心中,从他的指间流出,消失在音乐旋律中——这是事实。"

波洛沉默了一两分钟,接着他说:"那么,夫人,你对那场过去的闹剧有什么看法?"

"你是指西米恩·李妻子的死?"

"是的。"

希尔达慢条斯理地说:"我想我对生活已足够了解,知道永远不能凭一件事表面的是非曲直来下结论。看起来,西米恩·李就该被谴责,他妻子的确受到了不公正的对待。而同时,我又真心觉得那种顺从,心甘情愿做出牺牲的软弱性格,会激起某些男人身上最坏的本性。我认为,西米恩·李可能更欣赏有勇气、有力量的女人。他只会被隐忍和眼泪激怒。"

波洛点点头。他说:"你丈夫昨晚说:'我母亲从未抱怨过。'

这是真的吗?"

希尔达·李不耐烦地说:"当然不是!她一直在向戴维抱怨!她把她所有的不幸重担都转嫁到了他的肩上。他那时太年轻——过于年轻,还承受不起那些她让他承担的东西!"

波洛若有所思地看着她。她在他的注视下红了脸,咬着嘴唇。

波洛说:"我明白了。"

她尖锐地反问:"你明白什么了?"

他答道:"你一直在扮演你丈夫母亲的角色,而你更想成为一个妻子。"

她别过脸去。

就在这时,戴维·李从房子里走了出来,沿着阳台向他们走来。他开口时语气中的快乐是显而易见的。

"希尔达,天气太棒了,不是吗?就像春天而不是冬天。"

他走近了些,头向后仰着,一缕金发垂在前额上,蓝眼睛闪着光。他看上去不可思议地年轻、孩子气。他身上有一种充满青春气息的热切,一种无忧无虑的光彩。赫尔克里·波洛屏住了呼吸。

戴维说:"我们到湖边去吧,希尔达。"

她笑了,伸手挽着他,一起走了。

波洛看着他们离开,发现她回过头来飞快地瞟了他一眼。他看出那匆忙的一瞥中闪过一丝焦虑——还是,恐惧?

赫尔克里·波洛慢慢地朝阳台的另一端走去,喃喃自语道:"就像我一直说的,我是一位听取忏悔的神父!而因为女人比男人更经常忏悔,所以今天早上都是女人来找我。我怀疑是不是很快又会有一个?"

他在阳台的尽头转身,接着往回走时,知道他的疑问有了答案。莉迪亚·李正朝他走来。

4

莉迪亚说:"早上好,波洛先生。特雷西利安告诉我可以在外面找到你,他说你和哈里在一起。我很高兴看见你一个人在这儿。我丈夫一直说起你,我知道他很渴望和你谈谈。"

"啊,是吗?要我现在去见他吗?"

"先别去。他昨晚怎么都睡不着,最后我给了他一片强力安眠药。他现在还睡着呢,我不想叫醒他。"

"我很理解,这么做很明智。我能看出昨晚的那个打击对他来说有多么大。"

她很认真地说:"你看,波洛先生,他真的很把这件事放在心上——远甚于其他人。"

"我明白。"

她问道:"你,或者萨格登警司,有怀疑对象了吗?知道是谁做了这么可怕的事吗?"

波洛谨慎地说:"我们确实有了一些想法,夫人,关于谁不可能做这件事。"

莉迪亚有些焦躁地说:"这就像一场噩梦,太不可思议了。我无法相信这是真的!"

她又加上一句:"霍伯里怎么样?昨晚他真的如他所说,在电影院吗?"

"是的，夫人，他的说法已经核实了，他说的是真话。"

莉迪亚停了下来，抓住一点紫杉的叶子。她的脸色有些发白。

她说："可这太可怕了！这样就只剩下家里的人了！"

"完全正确。"

"波洛先生，我无法相信！"

"夫人，你可以相信，而且你已经相信了！"

她似乎想提出抗议，但接着，她露出悲伤的笑容。

她说："好一个伪君子！"

波洛点点头。

他说："如果你对我坦诚，夫人，你就会承认，对你来说，这个家里的某个人谋杀了你公公，是件非常自然的事。"

莉迪亚严厉地："说这种话也太怪了，波洛先生！"

"是的，确实如此。但你公公就是一个怪人啊！"

莉迪亚说："可怜的老人，现在我都为他感到难过了。他还活着的时候，只会惹我生出难以形容的怒气！"

波洛说："我可以想象！"

他弯下腰，看着石槽里的微缩花园。

"做得真的太精致了，非常可爱。"

"我很高兴你喜欢它们，这是我的一项爱好。你喜欢有企鹅和冰山的北极主题吗？"

"很迷人。不过这个——这是什么？"

"哦，那是死海——或者该说将会是，它还没完工呢，不用去看它。而这一个，是科西嘉的皮亚纳，那儿的岩石是粉色的，一直延伸到蔚蓝的海面上，非常可爱。还有这个沙漠景观，很有意思，你不觉得吗？"

她领着他一路走着,走到头时她看了一眼手表。

"我得去看看阿尔弗雷德醒没醒。"

她走了之后,波洛慢慢地走回到死海主题的微缩景观前。他兴致勃勃地看着它,然后抠出几块鹅卵石,拿在手里玩。

突然间他脸色一变,把鹅卵石拿起来凑到脸前。

"见鬼!"他说,"真是个意外!这到底是怎么回事?"

第五部分　十二月二十六日

1

约翰逊上校和萨格登警司都不可思议地盯着波洛。后者把一捧小鹅卵石小心地放回到一个小纸盒里,推到上校面前。

"噢,是的。"他说,"这的确就是那些钻石。"

"你说你是在哪儿找到它们的来着?在花园里?"

"在阿尔弗雷德·李夫人制作的一个微型花园里。"

"阿尔弗雷德夫人?"萨格登摇摇头,"看起来不像啊。"

波洛说:"我想你的意思是,不像是阿尔弗雷德夫人割断了她公公的喉咙?"

萨格登马上说:"我们已经知道那不是她干的。我是说,不像是她偷了钻石。"

波洛说:"要相信她是一个贼确实不是件容易事,不像。"

萨格登说:"任何人都有可能把它们藏在那儿。"

"这倒是真的。很容易藏在那个特别的花园中。死海主题——那里的鹅卵石,形状和外观都和这些钻石很相似。"

萨格登说:"你的意思是,她事先就把那个弄好了?做好了准备?"

约翰逊上校由衷地说:"我一点儿也不相信。一点儿也不。首先,她究竟为什么要拿那些钻石呢?"

"啊,说到这一点——"萨格登慢吞吞地说。

波洛赶紧插话说:"有关这个问题,答案可能是这样的,她拿走钻石是为了让人误以为这是谋杀案的动机。也就是说,虽然她没有参与其中,可她是知道会发生这次谋杀的。"

约翰逊皱皱眉。

"这个想法根本站不住脚。你这么说就是认定她与人同谋——可她能是谁的同谋呢?只可能是她丈夫。但我们已经知道,他和谋杀没有任何关系,这样一来,这一推测就落空了。"

萨格登下意识地摩挲着下巴。

"对,"他说,"是这样的。如果是李夫人偷了钻石的话——这个'如果'非同小可——那就只是一次单纯的盗窃,而她可能真的为此特意准备了一个花园,作为藏匿之处,等风声渐渐过去。还有一种可能,就是纯属巧合。那个有着相似鹅卵石的花园吸引了偷钻石的贼,无论他是谁。这个人认为那儿是个理想的藏匿之处。"

波洛说:"这很有可能。我随时准备接受一个巧合。"

萨格登警司怀疑地摇摇头。

波洛说:"你怎么看,萨格登警司?"

萨格登警司谨慎地说:"李夫人是一个好人,看起来不像会卷进任何肮脏的勾当中。不过,这种事没人说得准。"

约翰逊上校恼火地说:"不管钻石失窃案到底是怎么回事,她都不可能和谋杀案有任何牵连。管家看见她案发当时在客厅里,还记得吗,波洛?"

波洛说:"我没忘记这一点。"

上校转向他的下属。

"我们最好继续,你有什么要汇报的?有什么新情况吗?"

"是的,长官,我获得了一些新情报。先从霍伯里说起吧,他那么害怕警察是有原因的。"

"偷东西,呃?"

"不,长官。是威胁以敲诈钱财,变相勒索。那起案子最终没有证据,于是他逃脱了惩罚,不过我认为他肯定犯过些事,因此心里有鬼。昨晚特雷西利安说警察来了的时候,他以为是来调查那件事的,所以才那么紧张兮兮。"

上校说:"有关霍伯里的事够多了!还有别的吗?"

警司咳嗽了一下。

"呃……乔治·李夫人,我们查到了她的一些情况。结婚前她与一位姓琼斯的指挥官一起生活,她是他的养女——并非亲生女儿。据我们了解到的,我认为已故的李先生对她身世的猜测很可能是对的——不得不说他真的很懂女人,看一眼就能明白很多事,并且很喜欢大胆猜测。而这一次,他完全命中!"

约翰逊上校若有所思地说:"于是我们又有了一个可能的动机——金钱方面的。她或许认为老李先生知道些什么,并担心他透露给她的丈夫。她那个打电话的说法太可疑了,她根本没有打电话。"

萨格登提出一个建议。

"我们为什么不把他们叫来,直接把电话这个疑点说出来,看看能得到什么?"

约翰逊上校说:"好主意。"

他按了一下铃,特雷西利安应声出现。

"叫乔治夫妇过来一下。"

"好的,先生。"

老人刚转过身,波洛问道:"墙上的日历还停留在谋杀发生的那一天吗?"

特雷西利安又转了回来。

"哪个日历,先生?"

"那边墙上的那个。"

三个男人此时正坐在阿尔弗雷德·李那间小小的客厅里。波洛提到的那个日历就挂在墙上,是那种每页都醒目地印着日期、过一天撕一页的。

特雷西利安的视线穿过房间,接着拖着双腿缓慢地走了过去,慢得好像他缺了一两条腿似的。

他说:"抱歉,先生,它已经被撕了,现在是二十六号。"

"哦,请问,谁有可能来撕这个日历?"

"李先生,先生,他每天都会来撕日历。阿尔弗雷德先生做事非常有条理。"

"知道了,谢谢你。"

特雷西利安走出了房间,萨格登不解地问:"那个日历有什么值得怀疑的地方吗?我是不是漏掉了什么?"

波洛耸了耸肩,回答道:"那个日历完全不重要,只是我的一项小实验。"

约翰逊上校说:"明天验尸,咱们的调查要理所当然地往后延了。"

萨格登说:"是的,长官,我已经见过验尸官了,一切准备就绪。"

2

乔治·李走进房间,他妻子在他身边。

约翰逊上校说:"早上好。请坐,好吗?有几个问题我想问问你们两位,一些我们还不太明白的事情。"

"我很高兴,会尽我所能地帮助你们。"乔治的态度有些傲慢。

玛格达莱尼则淡淡地说:"当然!"

上校朝萨格登微微点了点头,后者说:"是关于案发那天晚上几通电话的事。我记得你说你往韦斯特林厄姆打了个电话,李先生?"

乔治·李冷冷地说:"是的,打给我的选区代表,我可以告诉你他的——"

萨格登警司举起一只手,止住了他即将要说的话。

"是这样的,是这样的,李先生,我们不想在这一点上与你争论。那通电话是八点五十九分接通的。"

"这个……我……呃,确切的时间我可说不上来。"

"啊,"萨格登说,"但我们可以!这种事我们总是查得很仔细,的确非常仔细。那通电话是八点五十九分接通的,九点零四分结束。而你父亲,李先生,是大约九点十五分被杀的,我必须再次请你解释一下案发当时在做什么。"

"我告诉过你了,我当时正在打电话!"

"不,李先生,你没有。"

"岂有此理,你肯定弄错了!嗯,我也许,可能,刚刚挂上电话,正在纠结要不要再打一个。我正在考虑它是否……呃,值得,是否值得我花电话费。这时,就听见楼上传来吵闹声。"

"你不可能花上十分钟纠结要不要打一通电话吧。"

乔治气得脸色发紫,气急败坏起来。

"你什么意思?你这到底是什么意思?简直太无礼了!你是在怀疑我说的话吗?怀疑一个我这种地位的人所说的话?我,我为什么要解释清楚每一分钟的行动?"

萨格登警司不动声色的态度让波洛肃然起敬。

"这是例行公事。"

乔治愤怒地看向上校。

"约翰逊上校,你能容忍吗——这种闻所未闻的态度!"

上校回答得很干脆。

"涉及一起谋杀案,李先生,有些问题必须要问,也必须回答。"

"我已经回答了!我刚打完一通电话,正在……呃……考虑要不要再打一个电话。"

"楼上传来尖叫声时你就在这间屋子里,对吗?"

"是的,对,我就在这间屋子里。"

约翰逊转向玛格达莱尼。

"我记得,李夫人,"他说,"你声称尖叫声响起的时候你正在打电话,而且你是一个人在这间屋子里?"

玛格达莱尼慌了神,屏住呼吸看看旁边的乔治,又看向萨格登,接着恳求地看着约翰逊上校。

她说:"噢,是吗?我不知道……我不记得我都说了些什么……我脑子一团糟……"

萨格登说:"你说的我们都记下来了。"

她将攻势转向他。恳求的大眼睛,颤抖的嘴唇。但她所面对的男人有着坚定的职业操守,不吃她这套,只回敬给她冷漠和严厉。

她含含糊糊地说:"我……我……我当然打了电话,我只是不能肯定是什么时候——"

她停住了。

乔治说:"这都是怎么回事?你在哪儿打的电话?不是在这儿?"

萨格登警司说:"我认为,李夫人,你根本没打电话。那么,那时候你在哪儿,在做什么?"

玛格达莱尼心烦意乱地看看周围,突然大哭起来。她抽泣着说:"乔治,别让他们欺负我!你知道如果有人吓唬我、大声地质问我,我就什么也想不起来了!我,我不记得那天晚上我都说了些什么,一切都那么可怕。而我乱成一团,他们对我又那么凶狠……"

她跳了起来,抽泣着跑出了房间。

乔治·李跟着弹起身,咆哮道:"你们这是干什么!我不允许我的妻子受到威胁和恐吓!她非常敏感。你们太可耻了!我要向国会提出质疑,质疑警方的可耻行为。这么做实在太可耻了!"

他大步走出房间,砰的一声关上了门。

萨格登警司仰头大笑。

他说:"我们逮了个正着!现在我们就等着瞧吧!"

约翰逊上校皱起眉头。

"太离奇了！肯定有问题。我们必须从她那儿得到进一步的证词。"

萨格登轻松地说："噢！一两分钟后她就会回来的，等她决定好该怎么说。你认为呢，波洛先生？"

波洛仿佛一直坐在那儿做梦，此时如梦初醒。

"请再说一遍！"

"我说她会回来的。"

"也许吧，嗯，很可能……噢，是的！"

萨格登注视着他，问："怎么了，波洛先生？看见幽灵了？"

波洛慢悠悠地说："哦，我正是不能肯定这一点。"

约翰逊上校不耐烦地说："好了，萨格登，还有别的吗？"

萨格登说："我试图把这些人到达谋杀现场的顺序查清楚——一部分事实已经很清楚了。谋杀发生后，受害者发出的垂死尖叫如同警报，接着凶手溜出房间，用钳子或其他这类东西锁上门，片刻之后便有人匆忙赶到案发现场。遗憾的是，要确定到底谁在现场并不太容易，因为在那种环境下，人们的记忆总是很不准确。特雷西利安说他看见哈里和阿尔弗雷德·李从餐厅出来，穿过大厅冲上楼去。这就把他们排除在外了，不过我们也从没怀疑过他们。就我现在所了解到的，埃斯特拉瓦多斯小姐比较晚到——差不多是最后一个。大体上说，法尔、乔治夫人和戴维夫人似乎是第一批到的。他们三个都说另一个比自己早到一点儿。难就难在这儿了，你无法分辨谁在蓄意撒谎，谁是真的记不清了。所有的人都跑过去了，这一点没有问题，可要查清楚他们到达的顺序就有点儿难了。"

波洛慢吞吞地问："你认为这很重要吗？"

萨格登说:"这是时间要素。别忘了,事发时间非常短。"

波洛说:"我同意,在这个案子里,时间是一个很重要的因素。"

萨格登接着说:"更麻烦的是,这幢房子里有两段楼梯。主楼梯在大厅里,到餐厅和客厅之间的距离相等。另一段楼梯在房子的一侧,斯蒂芬·法尔是从那段楼梯上去的。埃斯特拉瓦多斯小姐不用上楼梯,直接顺着楼上的走廊跑了过去,她的房间就在二楼的另一侧。其他人都说自己是从主楼梯上去的。"

波洛说:"真够混乱的。"

此时门开了,玛格达莱尼急急忙忙地走了进来。她呼吸紧促,两边脸颊上各有一团红晕。她走到桌前,小声说道:"我丈夫以为我躺着呢,我是从房间里偷偷溜出来的。约翰逊上校,"她那双大眼睛痛苦地望着上校,"如果我告诉你事情的真相你会替我保密的,对不对?我的意思是,没必要把一切都公开,对吧?"

约翰逊上校说:"你的意思是⋯⋯李夫人,我想是一些和这起案子毫无关系的事情?"

"是的,完全没有关系,只是一些我的⋯⋯我的私事。"

上校说:"你最好全部坦白地说出来,李夫人,然后由我们来判断。"

玛格达莱尼的眼神游移不定,她开口了。

"是的,我信任你,我知道我可以的,你看起来那么善良。是这样的,有一个人——"她停住了。

"然后呢,李夫人?"

"昨晚我想给一个人打电话,一个男人——我的一个朋友,而我不想让乔治知道这件事。我知道这么做不对,可是,事情就是这样的。所以晚饭后,我想乔治在餐厅里,很安全,我就跑去打电话了。可当我到了那儿,我听见他在打电话,于是我只好等着。"

"你在哪儿等着,夫人?"波洛问。

"楼梯后面有一个放衣服和杂物的地方。那儿很黑,我悄悄地退到那里,在那儿可以看到乔治从房间里出来。可他一直没出来,而就在这个时候,楼上闹腾起来,接着是李先生的尖叫,我就跑上了楼。"

"那么,直到案发,你丈夫一直没离开过这个房间?"

"是的。"

上校说:"而你,从九点到九点一刻,一直躲在楼梯后面的凹室?"

"是的,但我不能这么说,你应该明白吧!大家会想知道我在那儿做什么,这对我来说将会非常非常尴尬,你明白了吧,对吗?"

约翰逊上校干巴巴地说:"自然会很尴尬。"

她冲他甜甜地一笑。

"告诉你们真相就轻松多了。你们不会告诉我丈夫的,对吗?不,我敢肯定你们不会的!我可以信任你们,你们所有人。"

她向在场所有人投以最后的恳求目光,然后就匆匆地溜出了房间。

约翰逊上校深深地吸了口气。

"哦,"他说,"很可能就是这样的!听起来非常可信的一个故事。但相反——"

"也可能并非如此。"萨格登接着把话说完,"就是这样的,我们不知道她说的是真还是假。"

3

莉迪亚站在客厅尽头的窗边,向外望着。她的身影半掩在厚重的窗帘后面。这时房间里起了一阵响动,让她吃惊地转过身来。赫尔克里·波洛站在门边。

她说:"你吓了我一跳,波洛先生。"

"对不起,夫人,我走路很轻。"

她说:"我还以为是霍伯里呢。"

赫尔克里·波洛点点头。

"是的,他的步子很轻,那个家伙就像一只猫,或者说一个贼。"

他停顿了片刻,看着她。

但从她脸上什么也看不出来,不过当她开口说话时微微做了个厌恶的鬼脸。

"我一直不喜欢那个人,要是能摆脱掉他我会很高兴。"

"我认为你这么做很明智,夫人。"

她飞快地看了他一眼,说:"什么意思?你知道什么对他不利的事吗?"

波洛说:"他搜集秘密,然后用这些秘密来为自己牟利。"

她厉声道:"你认为他知道什么关于谋杀的事吗?"

波洛耸耸肩,说:"他的步子很轻、耳朵很尖,可能听见了什么但没说出来。"

莉迪亚的问题问得很明白。

"你是说他也许会试图勒索我们中的某个人?"

"这是很有可能的。但我过来不是为了说这个的。"

"那你要说什么?"

波洛慢悠悠地说:"我和阿尔弗雷德·李先生谈过了,他向我提出了一个建议,我想先和你商量一下,再决定是接受还是拒绝。但刚才我被你所构成的画面打动了——你外套上的迷人图案和深红色的窗帘交相辉映——于是我停下脚步,欣赏了一会儿。"

莉迪亚不客气地说:"波洛先生,我们有必要把时间浪费在恭维上吗?"

"请你原谅,夫人,几乎没几个英国女士懂得扮扮。第一天晚上见你时你穿的那条裙子,设计很大胆,但图案很简单,显得非常优雅,引人注目。"

莉迪亚不耐烦地说:"你来找我是为了什么呢?"

波洛严肃起来。

"是这样的,夫人。你丈夫希望我非常认真地进行调查,他要求我待在这儿,住在这幢房子里,尽我所能,把事情查个水落石出。"

莉迪亚严肃地问:"然后呢?"

波洛慢吞吞地说:"要是女主人不认可,这样的邀请我可不想接受。"

她冷冷地说:"我当然认可我丈夫的邀请。"

"好的,夫人,但我对你的要求还不止这些。你真的想让我来这儿吗?"

"我为什么不想呢?"

"那我直说了吧,我问你的是:你真的希望真相大白吗,还是不希望?"

"当然希望。"

波洛叹了口气。

"你一定要用这种传统的回答来答复我吗?"

莉迪亚说:"我就是一个很传统的女人。"

接着她咬着嘴唇,迟疑了一会儿,说道:"或许我还是直说吧。我当然明白你的意思!现在情况不太妙,我公公被残忍地杀害了,而除非证实这案子是那个最有嫌疑的人——霍伯里干的,盗窃谋杀,但看起来不太可能。否则结果就会是——家里的某个人杀了他。把那个人送交法院审判,就意味使家丑外扬,让我们所有的人受辱……如果要我说实话,那我确实不想让这种事发生。"

波洛说:"你更希望让凶手逍遥法外?"

"世界这么大,我想应该有很多没被发现的凶手。"

"这一点我赞成。"

"那么,再多一个又有什么关系吗?"

波洛说:"那其他的家庭成员怎么办,那些无辜者?"

她盯着他。

"他们怎么了?"

"你意识到了吗,如果事情的结果如你所愿,永远没人知道真相,这件事的阴影就会一直笼罩着所有人。"

她不确定地说:"这一点我倒是没想过。"

波洛说:"永远没人会知道谁是那个罪人……"

他又轻轻地加上了一句:"还是说你已经知道了,夫人?"

她叫了出来:"你没有权利说这种话!不是这样的!噢!如

果他是个陌生人,而不是家里人就好了。"

波洛说:"也许二者都是。"

她盯着他看。

"你什么意思?"

"也许既是家里的一员,同时又是个陌生人……你真的不明白我什么意思吗?哦,这只是赫尔克里·波洛的脑子里突然冒出来的主意。"

他看着她。

"那么,夫人,我该怎么对李先生说?"

莉迪亚举起双手,然后突然垂了下来,表示她的无奈。

她说:"当然——你务必接受我们的邀请。"

4

皮拉尔站在音乐室中央。她站得笔直,眼睛不停地转来转去,像一只害怕受到袭击的小动物。

她说:"我想离开这儿!"

斯蒂芬·法尔温柔地说:"你不是唯一有这种想法的人,可他们不会让我们走的,亲爱的。"

"你是说——警察?"

"是的。"

皮拉尔一本正经地说:"跟警察搅和在一起可不是件好事,这种事情不应该发生在有身份的人身上。"

斯蒂芬露出一丝笑意。

"你是指你自己吗?"

皮拉尔说:"不,我是指阿尔弗雷德和莉迪亚,还有戴维、乔治、希尔达,以及,哦好吧,还有玛格达莱尼。"

斯蒂芬点燃一支烟,抽了一两口才开口说话。

"怎么还有一个例外呢?"

"什么,嗯?"

斯蒂芬说:"为什么把哈里排除在外?"

皮拉尔笑了,露出整齐雪白的牙齿。

"噢,哈里不一样!我想他很清楚和警察搅和在一起是怎回事。"

"也许你是对的。他在这个家里显得非常特别,不太协调。"

他接着问道:"你喜欢你的英国亲戚吗,皮拉尔?"

皮拉尔犹豫不决地说:"他们很好,所有人都很好,可他们不怎么笑,他们不快乐。"

"我亲爱的女孩儿,这儿刚发生了一起谋杀案!"

"是……啊。"皮拉尔不确定地应道。

"一起谋杀案,"斯蒂芬教导一般地说道,"这可不是你能无动于衷的日常事件。不管西班牙人怎么做,在英国,他们把谋杀案看得很重。"

皮拉尔说:"你是在笑话我……"

斯蒂芬说:"不,我根本没有笑的心情。"

皮拉尔看着他说:"因为你也想离开这儿?"

"是的。"

"而那个高大英俊的警察不让你走?"

"我没问过他,但如果我问了,我敢肯定他会说不行。我必须行事谨慎,皮拉尔,要非常非常小心。"

"这真烦人。"皮拉尔说着,点了点头。

"可能比烦人还要更糟一点儿,我亲爱的。还有一个神经病似的外国人在到处搜查,我不认为他能怎么样,但他总让我觉得心绪不宁。"

皮拉尔皱了皱眉。

她说:"我外公非常、非常有钱,是不是?"

"我想是这样的。"

"那现在他的钱归谁了呢,归阿尔弗雷德和其他人吗?"

"那得看他的遗嘱。"

皮拉尔若有所思地说:"他也许给我留了一些钱,也许没有。"

斯蒂芬关切地说:"没事的。不管怎么说,你是这个家里的一员,你属于这儿,他们得照顾你。"

皮拉尔叹了口气,说道:"我——属于这儿。说起来真可笑,可实际上一点儿也不好笑。"

"我看得出来,你应该不觉得在这儿会有意思。"

皮拉尔又叹了口气。她说:"放张唱片,咱们跳支舞,怎么样?"

斯蒂芬有些犹豫地说:"看起来不太好吧。整个家都在沉痛地服丧,你这个冷酷无情的西班牙人!"

皮拉尔的大眼睛睁得更大了。

她说:"可我一点都不觉得难过呀!我几乎不认识我的外公,虽说我喜欢跟他聊天,可我不想因为他的死而哭哭啼啼或者不开心,这么装就太傻了。"

斯蒂芬说:"你真让我佩服!"

皮拉尔继续哄着他说:"我们可以往留声机上套些袜子和手套,那么声音就不会太大,没人能听见了。"

"那么来吧,你这个小妖精。"

她开心地笑着跑出房间,向房子那一头的舞厅走去。

当她走过通向花园门的走廊里时,突然站在了原地。斯蒂芬追上她,也站住了。

赫尔克里·波洛正从墙上摘下一幅画像,借着从阳台透来的光仔细研究着。他抬起头来,看到了他们。

"啊哈!"他说,"你们来得正好。"

皮拉尔说:"你在干什么呢?"

她走过来站在他身边。

波洛郑重地说:"我正在研究一些非常重要的东西,西米恩·李年轻时候的长相。"

"噢,这是我外公吗?"

"是的,小姐。"

她注视着画中的那张脸,慢吞吞地说:"多么不一样——太不一样了……他明明那么老,皱皱巴巴的。可这会儿的他看起来像哈里,像哈里再年轻十岁的样子。"

赫尔克里·波洛点点头。

"是的,小姐,哈里·李长得最像他父亲。再看这儿——"他领着她沿着画廊走了一小段,"这位是李夫人,你的外婆。温柔的长脸,金色的头发,柔和的蓝眼睛。"

皮拉尔说:"像戴维。"

斯蒂芬说:"和阿尔弗雷德也很像。"

波洛说:"遗传是一件很有意思的事。李先生和他妻子是完全相反的两种类型的人。而总得说来,他们的孩子大部分随母亲。再看这儿,小姐。"

他指着一个大约十九岁的女孩的画像,她有着金丝般的头发和大大的、笑盈盈的蓝眼睛。她的相貌就是西米恩·李夫人的翻版,但她身上有一种精神,一种活力,是那双柔和的蓝眼睛和温和的容貌所没有的。

"噢!"皮拉尔说。

她的脸色有些改变。

她把手伸向脖子,取出一个挂在长金链子上的盒式吊坠。她按了一下搭扣,盒子打开了。一张一模一样的笑脸看着波洛。

"我母亲。"皮拉尔说。

波洛点点头。小盒子的另一面是一个男人的肖像,年轻而英俊，有着黑色的头发和深蓝色的眼睛。

波洛说："你的父亲吗？"

皮拉尔说："对，我父亲。他长得很好看，是不是？"

"对，的确。西班牙人很少有蓝眼睛的，不是吗，小姐？"

"北部有一些。此外，我祖母是爱尔兰人。"

波洛若有所思地说："那么你有西班牙、爱尔兰和英格兰的血统，还有一点儿吉卜赛人的。你知道我怎么想的吗，小姐？拥有这样的遗传基因，你会结下很多仇人。"

斯蒂芬大笑着说："还记得你在火车上说的话吗，皮拉尔？你说你对付仇人的办法就是割断他们的喉咙。噢！"

他停住了，突然间意识到自己说出口的话的意义。

赫尔克里·波洛赶忙把话题岔开："啊，对了，有件事，小姐。你的护照，我的警司需要你的护照。你知道，这是警方的规定，很愚蠢，很烦人，但必须遵守，作为一个身处异乡的外国人。从法律上说，你是个外国人，这点毫无疑问。"

皮拉尔扬起了眉毛。

"我的护照？好的，我去拿。在我的房间里。"

波洛走在她的身旁，抱歉地说："不好意思麻烦你，真的很抱歉。"

他们走到长长的画廊尽头，那儿有一段楼梯，皮拉尔跑了上去，波洛跟在后面。斯蒂芬也来了，楼梯尽头就是皮拉尔的房间。

走到房门口，她说："我去给你拿来。"

她进去了。波洛和斯蒂芬在外面等着。

斯蒂芬懊恼地说："我竟然说那种话，真是傻到家了。不过我认为她不会放在心上，你觉得呢？"

波洛没有回答，微微地歪着头，好像在倾听什么。

他说："英国人狂热地喜欢新鲜空气，埃斯特拉瓦多斯小姐一定也继承了这种性格。"

斯蒂芬看着他说："为什么？"

波洛轻声说："因为虽然今天非常冷——你们管这种天气叫黑霜天（不像昨天那么暖和、晴朗），埃斯特拉瓦多斯小姐还是把下面那扇窗户推了上去。这么喜欢新鲜空气，真叫人惊讶。"

突然从房间里传来一声西班牙语的惊叫，接着皮拉尔重新出现在门口，脸上带着不安和可笑混杂的表情。

"啊！"她叫道，"我太蠢了——又笨手笨脚的。我的小箱子放在窗台上，我翻找得太猛了，一不留神把护照碰到窗户外边去了。它掉到下面的花床边了，我下去捡。"

"我去捡。"斯蒂芬说，

但皮拉尔已经飞快地跃过了他，回过头喊道："不，都是我的愚蠢害的。你和波洛先生去客厅吧，我会把它拿到那儿去的。"

斯蒂芬·法尔好像还想去追她，但波洛轻轻地拉住了他的胳膊，说："我们走这边吧。"

他们沿着二楼的走廊向房子另一头走去，走到主楼梯顶时，波洛说："咱们待会儿再下去。我想请你和我一起到案发的房间去，我有点事想问你。"

他们继续沿着走廊走，往西米恩·李的房间去。路上经过一座位于左首边的壁龛，里面摆着两尊大理石雕像，健壮的仙女们穿着紧紧裹住身体的衣服——典型的维多利亚风格。

斯蒂芬·法尔瞥了一眼，嘀咕道："白天看上去还挺吓人的！那天晚上从这儿走过的时候我还以为有三个呢，谢天谢地，其实只有两个！"

"如今已没人喜欢这种东西了。"波洛承认道,"但当时肯定很值钱。我想晚上看起来应该好看一些。"

"是的,只能看到一个微微发白光的轮廓。"

波洛喃喃道:"黑暗中所有猫都是灰色的!"

他们发现萨格登警司在房间里。他正跪在保险箱旁,用放大镜检查着。听到他们进去的声响,他抬起头来。

"的确是用钥匙开的,"他说,"打开它的人知道密码,除此之外就没有其他痕迹了。"

波洛朝他走过去,把他拉到一边,对他耳语了一番。警司点点头,离开了房间。

波洛转向斯蒂芬·法尔,后者正站在那儿注视着西米恩·李常坐的扶手椅。他的眉头拧成一团,额上青筋暴露。波洛沉默地看了他一会儿,然后说:"你想起了什么,是吗?"

斯蒂芬缓慢地说:"两天前他还活着,坐在那儿——而现在……"

接着,他回过神来,说:"好了,波洛先生,你带我到这儿来是要问我什么事?"

"嗯,是的,我想你是那天晚上最早到达现场的人。"

"是吗?我不记得了。不,我记得有一位女士比我先到。"

"哪位女士?"

"一位太太——乔治夫人或者戴维夫人——她们都很快就到这儿了。"

"我记得你说你没听见那声尖叫?"

"我想我没听见。我记不太清了。的确有人叫了一声,但感觉像是楼下的某个人。"

波洛说:"你没听见像这么刺耳的声音?"

他突然仰面朝天,发出一声尖锐刺耳的号叫。

事情发生得太突然,以至于斯蒂芬吓得慌忙后退,差点儿摔倒。他气冲冲地说:"看在上帝的分儿上,你是想要吓死房子里的所有人吗?不,我没听见这样的声音!你会把整幢房子里的人再折腾起来一次!他们会以为又发生了一起谋杀案!"

波洛看起来垂头丧气的。他嘟囔着:"确实……这样太傻了……我们必须马上离开。"

他匆匆走出房间。莉迪亚和阿尔弗雷德站在楼梯下方向上张望着——乔治从书房里出来,也抬头张望着。皮拉尔跑了过来,手里拿着她的护照。

波洛叫道:"没什么——没什么,别紧张,我只是做了一个小实验,就是这么回事。"

阿尔弗雷德看起来很恼火,乔治则很气愤。波洛留下斯蒂芬去解释,自己快步沿着走廊溜到了房子的另一头。

在走廊的尽头,萨格登警司悄悄地从皮拉尔的房间里走出来,和波洛会合。

"怎么样?"波洛问道。

警司摇摇头。

"一点儿声音也没有。"

他赞赏地看着波洛,点了点头。

5

阿尔弗雷德·李说:"那么你接受邀请了,波洛先生?"

他的手捂着嘴,微微颤抖着。柔和的棕色眼睛里闪过一道刚刚出现的狂热光芒。他说话有点儿结结巴巴的。莉迪亚静静地站在身旁,有点焦急地看着他。

阿尔弗雷德说:"你不知道——你不、不、不能想象,这对我来说——意、意味着什么……谋杀我父亲的凶手,一定要找、找到。"

波洛说:"既然你向我保证你已经仔细地考虑了很久,那么好的,我接受。但你要知道,这件事做了就不能反悔了。我不是一条狗,你叫它出去追捕猎物,又因为不喜欢这把戏了就把它叫回来。"

"当然啦……当然啦……一切都准备好了,你的卧室都已经布置好了。只要你愿意,想待多久都可以——"

波洛郑重地说:"不会太久的。"

"呃?什么意思?"

"我说我不会待太久的。这件案子发生在一个有限的圈子里,因此要找出真相不会需要太长的时间,我想,结果已经离我们很近了。"

阿尔弗雷德盯着他,说:"难以置信!"

"确实如此,所有的事实都清楚地指向一个方向,只需要再排除掉一些无关紧要的杂事,真相就会大白。"

阿尔弗雷德不相信地说:"你是说你已经知道了?"

波洛微笑着说:"嗯,对。我知道了。"

阿尔弗雷德说:"我父亲——我父亲——"他扭过脸去。

波洛简短地打断了他:"李先生,我想提两个要求。"

阿尔弗雷德压抑住激动的心情,说:"什么都可以——什么都可以。"

"那么,第一件事是,希望把那张李先生年轻时的画像放在你好意为我安排的卧室里。"

阿尔弗雷德和莉迪亚一同盯着他看。

阿尔弗雷德说:"我父亲的画像,为什么呢?"

波洛摆了摆手,说:"它会……我该怎么说呢……启发我。"

莉迪亚尖刻地问:"波洛先生,你是打算用透视的能力来解决这个案子吗?"

"这么说吧,夫人,我不仅要用身体上的眼睛,还要用上头脑的眼睛来看。"

她耸耸肩。

波洛继续说道:"第二件事是,李先生,我想知道关于你的妹夫,胡安·埃斯特拉瓦多斯,死亡一事的真实情况。"

莉迪亚说:"有这个必要吗?"

"我需要了解所有的情况,夫人。"

阿尔弗雷德说:"胡安·埃斯特拉瓦多斯在咖啡馆里与一个男人起了口角,因为一个女人,然后他就把那个男人杀了。"

"他是怎么杀死对方的?"

阿尔弗雷德哀求地看着莉迪亚。她平静地说:"他用刀捅死了那个人。但胡安·埃斯特拉瓦多斯并没被判死刑，因为是那个人先挑衅的。他被判了刑，死在了监狱里。"

"他女儿知道这些事吗？"

"我想她不知道。"

阿尔弗雷德说："她不知道，詹妮弗从没告诉过她。"

"谢谢你。"

莉迪亚说："你不会认为是皮拉尔——噢！这太荒谬了！"

波洛说："接下来，李先生，你能否告诉我一些有关你弟弟——哈里·李先生的情况？"

"你想知道什么？"

"我听说他因为某件事而被认为是家族的耻辱，为什么？"

莉迪亚说："那是很久以前的事……"

阿尔弗雷德的脸都涨红了。

"既然你想知道，波洛先生，他伪造我父亲的签名签了一张支票，盗领了一大笔钱。当然，我父亲没有告发他。哈里一直不太正派，在世界各地都惹过麻烦，总是拍电报来要钱以摆脱困境。他甚至经常进出各地的监狱。"

莉迪亚说："很多事不一定是真的，阿尔弗雷德。"

阿尔弗雷德已怒气冲冲，双手颤抖。

"反正哈里身上就是没什么好的地方，一点儿也没有！他从来就不是好人！"

波洛说："这么看来，你们之间不存在任何兄弟之情？"

阿尔弗雷德说："他欺骗了我的父亲，可耻地欺骗了我的父亲！"

莉迪亚不耐烦地微微叹了口气。波洛听见了，犀利地看了她一眼。

她说:"我想如果能找到钻石,这个案子肯定就能破了。"

波洛说:"钻石已经找到了,夫人。"

"什么?"

波洛温和地说:"我们在你的小花园里找到的,那个死海的……"

莉迪亚叫了出来:"在我的花园里?太……太惊人了!"

波洛柔声道:"谁说不是呢,夫人。"

第六部分　十二月二十七日

1

阿尔弗雷德叹了口气,说:"比我担心的要好多了!"

他们刚从调查死因的问讯中回来。

有着一双机灵的蓝眼睛的老派律师查尔顿先生出席了问讯并和他们一起回来。他说:"哦,我告诉过你,那些程序纯粹是种形式——纯粹是种形式,一定会延期裁决的,以便让警方再收集一些附加证据。"

乔治·李恼火地说:"一切都太不愉快了。实在令人厌恶。我们的处境很可怕!就我个人来说,还是确信这起案子是一个疯子干的,谁知道他是怎么进来的。那个叫萨格登的家伙像头骡子一样犟,约翰逊上校应该让苏格兰场的人来协助办案,这种地方警察不怎么样,愚蠢无知。就拿霍伯里这个人来说吧,我听说他过去的经历非常有问题,可警方完全不予理睬。"

查尔顿先生说:"啊,我相信那个叫霍伯里的人,拥有一个令人满意的案发时不在现场的证据,警方接受了。"

"他们为什么接受呢?"乔治愤怒地说,"如果我是他们,我会有保留地接受这样一个证据——有很大的保留。这是显而易见的,一名罪犯总会为自己准备一个不在场证明!而作为警察,就有责任戳穿他——如果他们知道该干些什么的话。"

"好了,好了,"查尔顿说,"我认为还轮不到我们去教警方该怎么做事,对吗?总得说来,他们完全能胜任此职。"

乔治悲观地摇摇头。

"应该叫苏格兰场的人来。我对萨格登警司一点儿也不满意。他或许够辛勤,可离聪明还差得远。"

查尔顿先生说:"我可不同意你的看法。萨格登是个好人。他不会滥用权势,但总能达到目的。"

莉迪亚说:"我相信警方已经竭尽全力了。查尔顿先生,想来杯雪利酒吗?"

查尔顿先生客气地谢绝了。接着,他清了清嗓子,准备开始宣读遗嘱,此时所有的家庭成员都被召集过来了。

他饶有兴味地读着,细细品鉴其晦涩的用词,着重于每一处法律术语。

读完,他摘下眼镜,擦了擦,好奇地看看围在身边的家庭成员们。

哈里·李说:"这些法律上的东西都不太好懂,给我们讲一下基本事项吧,行吗?"

"是吗,"查尔顿先生说,"这是份非常简单的遗嘱啊。"

哈里说:"我的天,那复杂的得什么样啊?"

查尔顿先生冷冷地瞥了他一眼,算是对他无声的责备。

他说:"这份遗嘱的主要条款非常简单。李先生的一半财产归他的儿子阿尔弗雷德·李先生,剩下的由其他子女平分。"

哈里勉强地笑了。他说:"和以往一样,阿尔弗雷德又中了头彩!父亲的一半财产!幸运极了,不是吗,阿尔弗雷德?"

阿尔弗雷德脸红了。莉迪亚厉声道:"阿尔弗雷德对父亲忠诚,一直甘于奉献。多年来,他一直管理家族业务,承担着所有的责任。"

哈里说:"噢,是的,阿尔弗雷德一直是个好孩子。"

阿尔弗雷德严厉地说:"你才该觉得自己幸运吧,哈里,父亲居然还给你留了点东西!"

哈里仰头大笑,说:"要是他把我从遗嘱里去掉,你会更开心的,是不是?你一向讨厌我。"

查尔顿先生咳了一下。他已经习惯了,简直太习惯了,这种宣读完遗嘱之后的不和谐场面。因此,他急着想在情况升级为家庭争吵之前离开。

他嘟囔着:"我想——呃——需要我做的已经……"

哈里不客气地问:"皮拉尔呢?"

查尔顿先生又咳了一下,这次是带着歉意的。

"呃——遗嘱里没有提及埃斯特拉瓦多斯小姐。"

哈里说:"她不能得到她母亲的那一份吗?"

查尔顿先生解释道:"埃斯特拉瓦多斯夫人如果还活着,自然会和你们一样得到一份。但她已经去世了,她那一份就要返还到财产总额中,再由你们平分。"

皮拉尔带着浓重的南欧口音,慢吞吞地说:"那么——我——什么都没有?"

莉迪亚飞快地说:"亲爱的,家里人会留意这一点的,当然。"

乔治·李说:"你可以把这里当成你的家——阿尔弗雷德,对吗?我们是……呃……你是我们的外甥女,照顾你是我们的责任。"

希尔达说:"我们随时欢迎皮拉尔来和我们住在一起。"

哈里说:"她应该有一份的,詹妮弗的那份应该归她。"

查尔顿先生低声道:"我真的必须……呃……走了。再见,李夫人。有什么需要我的,呃,随时向我咨询……"

他迅速逃走了。他的经验已使他预见到，可能构成一次家庭争吵的所有要素全部齐备了。

当门在律师身后关上的时候，莉迪亚明明白白地说："我同意哈里的意见，我认为皮拉尔有权得到一份遗产，那份遗嘱是多年以前立的，那时詹妮弗还没死。"

"胡说，"乔治说，"这种想法草率且不合法，莉迪亚。法律就是法律，我们必须遵守。"

玛格达莱尼说："皮拉尔运气不好，确实如此，我们都很为她难过，但乔治是对的，就像他说的，法律就是法律。"

莉迪亚站了起来，她拉起皮拉尔的手。

"亲爱的，"她说，"这对你来说一定是件很不愉快的事，你愿意离开一会儿吗，让我们讨论一下这个问题？"

她把女孩领到门边。

"别担心，皮拉尔，亲爱的，"她说，"把这件事交给我吧。"

皮拉尔慢慢地走出房间。莉迪亚等她出去后关上房门，走了回来。

一段短暂的停歇，每个人都屏住了呼吸。片刻之后，这场大战轰轰烈烈地开始了。

哈里说："你一直是个该死的吝啬鬼，乔治。"

乔治反驳道："不管怎样，我至少不是寄生虫和无赖！"

"你和我一样都是寄生虫，这些年来你一直在靠父亲养活。"

"你好像忘了我处在一个重要且艰巨的职位——"

哈里说："去你的重要且艰巨！你就是个夸夸其谈的垃圾！"

玛格达莱尼尖叫起来："你怎么敢这么说。"

希尔达的声音依旧平静，只是稍稍高了点儿。

她说："我们能不能心平气和地讨论这个问题？"

莉迪亚向她投以感激的一瞥。

戴维突然粗暴地说:"我们非得为了钱吵成这样吗?"

玛格达莱尼恶毒地对他说:"风格高尚当然好啊,但你也不会拒绝你的那份遗产,会吗?你和这儿的所有人一样,都想要钱!那些清高的姿态都只是装出来的!"

戴维像被人掐住了喉咙,说道:"你认为我应该拒绝吗?我想——"

希尔达厉声道:"你当然不该拒绝!我们都要像孩子一样吗?阿尔弗雷德,你是一家之主——"

阿尔弗雷德好像刚从梦中醒来。

他说:"不好意思,怎么了?所有的人一块儿嚷嚷,把我给搞糊涂了。"

莉迪亚说:"就像希尔达刚刚指出的,我们为什么都像贪婪的小孩一样?让我们平静且理智地讨论这件事,而且,"她飞快地加了一句,"一件一件来。阿尔弗雷德你先说,因为你年纪最大。你怎么想的,阿尔弗雷德,我们该怎么对皮拉尔?"

他慢吞吞地说:"她当然要住在这儿,这是肯定的。而且我们要给她一笔生活费。我不认为在法律上她有权获得本该属于她母亲的那一份遗产,别忘了,她并不是李家的人,只是个西班牙小妞。"

"在法律上,她确实没有权利,"莉迪亚说,"但我认为在道义上,她有。我是这么看的,虽然女儿詹妮弗违背你父亲的意愿嫁给了一个西班牙人,但她依旧承认她,并认为她和其他子女享有同等的权利。乔治、哈里、戴维和詹妮弗,四人平均分配。詹妮弗去年刚死。我敢肯定你父亲请查尔顿先生来,就是想在新遗嘱里给皮拉尔留一份。至少会把她母亲的那份给她,但我觉得更有可能的是给她更多。要知道,她是家里唯一的第三代。我想,至少我们可以做到帮你父亲完成他未能完成的事,努力弥补这一不公。"

阿尔弗雷德由衷地说:"说得好,莉迪亚!我错了,我同意你说的,皮拉尔应该得到父亲财产里詹妮弗的那份。"

莉迪亚说:"该你了,哈里。"

哈里说:"你们都知道,我很同意。我想莉迪亚把这个问题阐释得非常好了,而且我想说,我对她感到钦佩。"

莉迪亚说:"乔治呢?"

乔治的脸涨得通红,他气急败坏地说:"当然不!整件事都很荒谬!给她一个家和一笔买裙子的零花钱,这就足够了!"

"这么说,你拒绝合作?"阿尔弗雷德问。

"是的,我拒绝。"

"他做得很对。"玛格达莱尼说,"建议他做这种事简直可耻!乔治是这个家里唯一有所作为的人,考虑到这一点,我为他父亲只给他留了这么点钱感到耻辱!"

莉迪亚说:"戴维?"

戴维有些迷茫地说:"噢,我想你说得对。为此事这么难看地争执不休真让人难堪。"

希尔达说:"你说得很对,莉迪亚,这么做只是为了公道!"

哈里环顾众人,说:"好了,这下很清楚了,我们几个兄弟里,阿尔弗雷德、我自己和戴维都赞成这项提议。乔治反对。赞成多数通过。"

乔治尖刻地说:"这不是赞成还是反对的问题。父亲留给我的那财产就是我的,我一个子儿也不会拿出来。"

"对,不会拿出来。"玛格达莱尼说。

莉迪亚严厉地说："如果你不愿意配合，那随你的便。我们剩下的人会补足你那份的。"

她环视四周以征求认可，其他人都点了头。

哈里说："阿尔弗雷德得了最大的一份，他应该出大部分。"

阿尔弗雷德说："我看你们一开始装出来的大公无私很快就要撑不住了。"

希尔达坚定地说："别吵了！莉迪亚去告诉皮拉尔我们的决定，具体细节稍后再确定。"她又加了一句，希望能借此转移话题，"我想知道法尔先生在哪儿，还有波洛先生。"

阿尔弗雷德说："波洛在去法医问讯的路上下了车，去村子里了，他说他要买一样很重要的东西。"

哈里说："他为什么没去参加问讯？他应该去的！"

莉迪亚说："也许他知道不会发生什么重要的事。花园里的那个人是谁？萨格登警司还是法尔先生？"

两个女人的努力总算成功了，家庭秘密会议就此结束。

终于到了独处时，莉迪亚对希尔达说："谢谢你，希尔达，有你的支持真是太好了。要知道，发生了这么多事，有你在给了我很大的安慰。"

希尔达若有所思地说："真奇怪，钱总会让人难过。"

此时所有人都离开了房间，只剩两个女人留在这儿。

莉迪亚说："是的……就连哈里……明明是他先建议的！而我可怜的阿尔弗雷德。他太英国人了，不希望李家的钱落到一个西班牙人手里。"

希尔达微笑着说："你认为我们女人更不看重钱一些吗？"

莉迪亚回答之前先耸了一下她那优雅的双肩。

"噢，要知道，那并不是我们的钱，不是我们自己的。这是有区别的。"

希尔达沉思着说:"她是一个奇怪的孩子,我是说皮拉尔。不知道她会如何决定?"

莉迪亚叹了口气。

"我很希望她能独立。我认为让她住在这儿,给她一个家和一笔买衣服的钱,这些,不会让她满意的。她太骄傲了,而且,我想她,太——太像外国人了。"

她想了想,又补充道:"我曾经从埃及带回来一些美丽的蓝石头。在埃及,映着阳光和沙漠,它们会发出灿烂夺目的色彩,一种明亮而温暖的蓝色。但当我把它们拿回家,蓝色就几乎看不出来了,只是一串暗淡无光的珠子。"

希尔达说:"是的,我明白了……"

莉迪亚温柔地说:"我很高兴终于认识了你和戴维,很高兴你们俩都来了。"

希尔达叹了口气:"在过去的几天里,我多少次希望我们没来这儿呀!"

"我知道,你确实会这样想……但你要知道,希尔达,这件突发事故不会对戴维产生那么坏的影响。我是说,他是个敏感的人,或许会非常难受。但实际上,谋杀案发生之后,他看起来比之前要好了一些……"

希尔达看上去有些不安,她说:"这么说你也注意到了?在某种程度上说,这很可怕……可是,噢!莉迪亚,确实是这样的!"

她沉默了一会儿,回想着丈夫前一天晚上说过的话。他对着她热切地诉说着,前额的金发甩了上去。

"希尔达,你还记得《托斯卡》①中,斯卡皮亚死去的时候,托斯卡点燃蜡烛照亮他全身的那一幕吗?你记得她说了什么吗?她说:'现在我可以原谅他了……'这就是我的感觉——对我的父亲。这些年来我一直无法原谅他,虽然我真的很想原谅他,可就是做不到……而现在,所有的仇恨全部一笔勾销。我觉得……噢,我觉得好像背上的重担被拿掉了。"

希尔达努力压抑突然产生的恐惧,问:"因为他死了?"

他马上做出了回答,由于急切而说得结结巴巴。

"不,不,你还没明白。不是因为他死了,而是因为我对他的那种幼稚而愚蠢的仇恨死了……"

希尔达现在想到了这些话。

她想把这些话向身边的这个女人复述一遍,但又本能地觉得不说更明智。

她跟着莉迪亚走出客厅,来到门厅里。

玛格达莱尼在那儿,站在边桌旁,手里拿着个小包裹。她看见她们时吓得跳了起来,说:"噢,这一定是波洛先生买来的重要东西,我看见他刚放在这儿的。真想知道是什么。"

她依次看着两个人,咯咯地笑着,但她的眼神锐利而焦虑,证明刚才那愉悦的语气都是装出来的。

莉迪亚扬起眉毛,说:"我必须在午饭前梳洗一下。"

玛格达莱尼依旧装得很孩子气,但已无法掩饰语气中绝望的意味。

---

① 《托斯卡》(Tosca)是意大利歌剧作曲家普契尼根据法国剧作家萨尔杜的作品改编的一出三幕歌剧。故事梗概为歌剧女演员托斯卡为救被判死刑的爱人,答应委身于警察局长斯卡皮亚,却在斯卡皮亚拥抱她时,用匕首将其刺死,文中所说的便为这一部分。然而斯卡皮亚骗了托斯卡,爱人被处以死刑,刺杀警察局长的事亦被发现,陷入绝境的托斯卡高喊着"斯卡皮亚,我们上帝面前再见"跳下高楼自尽。

"我一定要偷看一下!"

她打开包装纸,发出一声惊呼,瞪着手里的东西。

莉迪亚停住了脚步,希尔达也站住了,两个女人都看着那东西。

玛格达莱尼迷惑不解地说:"是一副假胡子。可是——可是——为什么呢?"

希尔达不确定地说:"化妆?可是——"

莉迪亚替她说完了这句话:"可是波洛先生有一副非常好看的胡子呀!"

玛格达莱尼又把包裹包了起来,说:"我不明白,这——这简直疯了。波洛先生为什么要买一副假胡子?"

2

皮拉尔离开客厅之后，慢慢地在门厅里走着。斯蒂芬·法尔从花园门走进来，说："怎么？家庭秘会结束了？遗嘱宣读了吗？"

皮拉尔呼吸急促地说："我什么也没得到，什么都没有！遗嘱是好多年前立的。我外公留了一份给我母亲，可因为她死了，钱不能归我而要还给他们。"

斯蒂芬说："看起来你真够倒霉的。"

皮拉尔说："如果那老头还活着，就会另立一份遗嘱。他会留些钱给我，很多的钱！也许到那时他会把所有的钱都留给我！"

斯蒂芬笑着说："这样也不怎么公平啊，是不是？"

"为什么不？他会最喜欢我的，这就够了。"

斯蒂芬说："你真是个贪婪的孩子！一位掘金女郎！"

皮拉尔冷酷地说："这个世界对女人很残酷，她们必须为自己着想——趁还年轻的时候。等变得又老又丑，就没人会帮她们了。"

斯蒂芬慢吞吞地说："虽然我不这么认为，可你说得对，只是不完全对。比如说阿尔弗雷德·李，他真心地喜欢他父亲，尽管那老头极其挑剔、难以伺候。"

皮拉尔抬起下巴。

"阿尔弗雷德,"她说,"就是个傻瓜。"

斯蒂芬笑了。

接着他说:"好了,别担心,可爱的皮拉尔。你要知道,李家的人有责任照顾你。"

皮拉尔闷闷不乐地说:"可这并不是什么好事。"

斯蒂芬慢悠悠地说:"是的,恐怕不会快乐的。我觉得你不适合住在这儿,皮拉尔。你愿意去南非吗?"

皮拉尔点点头。

斯蒂芬说:"那里有阳光和大片的土地,不过也需要艰辛的劳作。你会干活儿吗,皮拉尔?"

皮拉尔迟疑地说:"我不知道。"

他说:"你更愿意整天坐在阳台上吃糖果,然后越长越胖,长出三层下巴?"

皮拉尔笑了。

斯蒂芬说:"这样就好多了,我让你笑了。"

皮拉尔说:"我本以为这个圣诞节我会一直笑的!我在书上读到,英国人的圣诞节都非常快乐,吃烤葡萄干和提子布丁,还有一种叫圣诞柴①的东西。"

斯蒂芬说:"唉,那得是个没发生谋杀案的圣诞节呀。快到这儿来,莉迪亚昨天带我来过这儿,这是她的储藏室。"

他领她走进一间比碗柜大不了多少的小房间。

"瞧,皮拉尔,这么多盒饼干,还有蜜饯、橘子、椰枣和干

---

①简单来说就是从附近的森林中找来优质的木柴,隆重地安放到壁炉中,一大家人在炉火前欢度圣诞节的到来,以燃烧大柴木向雷神表达敬意。圣诞柴拿来时,大家要欢唱圣诞歌曲,未燃尽的碎片要小心收集起来,用来做明年的引燃物。

果,还有这儿——"

"噢!"皮拉尔拍了一下手,"太美啦,这些小金球和小银球。"

"那些是挂在树上的,和给用人们的礼物在一起。这儿还有裹着白霜、闪着光的小雪人,是放在餐桌上的。还有各种颜色的气球,就等着吹起来了。"

"噢!"皮拉尔的眼睛闪着光,"噢!我们可以吹起来一个吗?莉迪亚不会介意的。我真的很喜欢气球。"

斯蒂芬说:"宝贝啊!好吧,你想要哪个?"

皮拉尔说:"我想要个红的。"

他们各自选好自己想要的气球开始吹,腮帮子一鼓一鼓的。皮拉尔吹到一半笑了起来,她的气球马上又瘪了下去。

她说:"你看起来太可笑了,吹得腮帮子都鼓出来了。"

笑过之后,她继续努力吹气球。他们把吹好的气球仔细地系起口来,开始玩,把它们轻拍上天,让它们飞来飞去。

皮拉尔说:"我们到外面的门厅里去吧,那儿更宽敞。"

他们笑着互相把气球传来传去,这时波洛恰好走进门厅,他带着一脸怜爱的表情看着他们。

"你们在玩游戏吗?这个气球真漂亮!"

皮拉尔上气不接下气地说:"那个红的是我的,比他的要大,大好多好多。如果我们到外面去,它们就会一直飞上天。"

"那我们去把它们送上天吧,然后许愿。"斯蒂芬说。

"噢,好啊,这是个好主意。"

皮拉尔向通往花园的门跑去,斯蒂芬紧随其后。波洛跟在后面,仍是一脸疼爱的样子。

"我希望拥有一大笔钱。"皮拉尔说道。

她踮起脚,拿着气球的线。一阵风吹过,气球轻轻地摇摆着。皮拉尔松开了手,气球飘了起来,被风带走了。

斯蒂芬笑了。

"你不该把愿望说出来。"

"不能吗?为什么?"

"因为这样你的愿望就不会实现了。现在,我要许愿了。"

他松开了他的气球,可他不那么幸运,气球飘到了一边,挂在冬青树丛上,砰的一声爆了。

皮拉尔向它跑去,故作沉痛地宣布:"它去了……"

接着,她用脚尖碰着地上那片薄而柔软的橡胶,说:"这么说,我在外公的房间里捡到的是这个呀。他也有一个,气球,只不过他的是粉色的。"

波洛高声惊呼。皮拉尔不明所以地转过身来。

波洛说:"没什么。我刺到——不,是扎到了——我的脚趾。"

他转过身子,看着这幢房子。

他说:"这么多窗户!一幢房子,小姐,也有它的眼睛——和耳朵。英国人太喜欢开窗户了,这真是件可悲的事。"

莉迪亚从阳台上走过来。她说:"午餐准备好了。皮拉尔,亲爱的,一切都圆满解决了。午饭后阿尔弗雷德会向你说明具体细节。我们进去好吗?"

他们走进房子。波洛最后一个进去,面色凝重。

3

午饭吃完了。

大家从餐厅里出来的时候,阿尔弗雷德对皮拉尔说:"来我的房间好吗?有一些事情我想跟你谈谈。"

他领她穿过门厅走进他的书房,进屋后便关上了门。其他人都去客厅了,只有赫尔克里·波洛留在门厅,若有所思地看着紧闭的书房门。

突然,他意识到那位老管家正在他身旁不安地徘徊着。

波洛说:"怎么了,特雷西利安,有什么事吗?"

老人一副不知如何是好的样子。他说:"我有事要和李先生说,可我不想现在去打扰他。"

波洛说:"发生了什么事?"

特雷西利安慢吞吞地说:"一件很奇怪的事情——莫名其妙。"

"告诉我。"赫尔克里·波洛说。

特雷西利安犹豫了一下,然后他说:"好吧,是这样的,先生,你或许也注意到了,大门的两边各放了一个门挡,石头做的,很重。哦,先生,其中的一个不见了。"

赫尔克里·波洛的眉毛都竖了起来。他问:"什么时候不见的?"

"今天早上还都在那儿呢,先生。我敢发誓。"

"我去看看。"

他们一起来到大门外。波洛弯下腰，检查着剩下的那个门档。当他再次直起身来时，神情变得非常严肃。

特雷西利安声音颤抖地说："谁会想偷那么一样东西呢，先生？想不明白呀。"

波洛说："我不喜欢这样，我一点儿也不喜欢这样……"

特雷西利安不安地看着他，慢吞吞地说："这个家到底出了什么事，先生？自打主人被谋杀之后，这地方好像和原来不一样了，我一直觉得像在做梦一样。事情混在一起，有时候我都不敢相信自己的眼睛。"

赫尔克里·波洛摇摇头。

他说："你错了，你一定要相信自己的眼睛。"

特雷西利安摇着头说："我的视力很差，不像以前看得那么清楚了。我总把东西弄混，还有人。我年纪太大了，不适合做这份工作了。"

赫尔克里·波洛拍拍他的肩膀说："别泄气。"

"谢谢你，先生。我知道，你这么说是出于好意，可事实就是这么回事，我太老了。我总会回想过去的日子和过去的面孔。比如詹妮小姐、戴维小主人和阿尔弗雷德小主人，他们在我心中一直是年轻的绅士和女士。直到那天晚上，哈里先生回来——"

波洛点点头。

"是的，"他说，"这也正是我所想的。你刚才说'自打主人被谋杀之后'——其实变化在那之前就出现了。是从哈里先生回到家来开始的，是不是？一切都变得不一样了，显得很不真实。"

管家说："你说得对，先生，就是从那时候开始的。哈里先生总是给家里带来麻烦，过去也是。"

他的目光又落到门边空空的石基座上。

"谁会把它拿走呢,先生?"他悄声说,"而且为什么呢?这儿,这儿简直像疯人院。"

赫尔克里·波洛说:"我所害怕的不是疯狂,而是理智!特雷西利安,有个人,现在十分危险。"

说完他转过身,又回到房子里。

就在这时,皮拉尔从书房里出来了。她双颊绯红,高高地扬着头,眼睛闪着光。

当波洛向她走去时,她突然跺了一下脚,说道:"我不会接受的。"

波洛扬起眉毛,问:"你不会接受什么,小姐?"

皮拉尔说:"阿尔弗雷德刚刚告诉我,我将会得到外公留给我母亲的那一份财产。"

"怎么了?"

"他说,从法律上讲,我并没有权利得到它。但他和莉迪亚,还有别的人认为,它应该是我的。他们说这叫公道,所以他们决定把这笔钱给我。"

波洛又问了一次:"怎么了?"

皮拉尔又跺了一下脚。

"你还不明白吗?他们要把这笔钱给我,把它给我。"

"这伤了你的自尊?哪怕他们说得是对的——这份遗产本来就该归你?"

皮拉尔说:"你还真是不明白……"

波洛说:"正好相反——我非常非常明白。"

"哦……"她气呼呼地转过脸去。

这时门铃响了。波洛回头看了一眼,看到了萨格登警司的身影。他急忙问皮拉尔:"你要去哪儿?"

她闷闷不乐地说:"去客厅,找其他人去。"

波洛迅速说道:"很好,去和他们待在一块,别一个人在屋子里乱逛,特别是天黑以后。你自己要当心,你现在很危险,小姐。今天恐怕是你这辈子最危险的日子。"

他转身离开了她,去迎接萨格登。

后者一直等着特雷西利安回到餐具室,才拿出一份电报给波洛。

"我们找到他了!"他说,"看看这个,南非警方发来的。"

电报上写着:"埃比尼泽唯一的儿子已于两年前去世。"

萨格登说:"这么一来可清楚是怎么回事了!可笑——我完全弄错了方向……"

4

皮拉尔走进客厅,头扬得高高的。

她径直朝莉迪亚走去,后者正坐在窗边织东西。

皮拉尔说:"莉迪亚,我是来告诉你我不会要那笔钱的。而且我要走了——马上……"

莉迪亚似乎吃了一惊,放下了手中的针线活儿。

她说:"我亲爱的孩子,阿尔弗雷德一定解释得非常糟糕!这么做绝不是同情你,如果你是这么想的话。真的,在我们看来这绝不是仁慈或慷慨的问题,只是简单的对与错。正常情况下,你母亲会继承到这笔钱,而你再从她那儿继承,这是你的权利——血缘关系上的权利。道理就是这样的,和同情施舍无关,是公道的问题。"

皮拉尔激动地说:"而这正是我不能接受的原因——因为你是这么说、这么想的!我很高兴来到这儿。很有意思!这是一次冒险,可现在你把它都毁了!我现在就要离开,马上,我再也不会麻烦你了……"

她哽咽着说不下去了,转过身,一口气跑出了房间。

莉迪亚瞪大了眼睛,无助地说:"我完全没想到她会是这个反应!"

希尔达说:"那孩子看起来真的很难过。"

乔治清了清嗓子,高高在上地说:"呃……我早上就说了,这么做的基本原则就是错的。皮拉尔很聪明,看出了这一点,所以她拒绝接受施舍。"

莉迪亚厉声道:"这不是施舍,这是她应有的权利!"

乔治说:"她好像并不这么想!"

这时萨格登警司和波洛一起走了进来。前者环顾一圈后问:"法尔先生在哪儿?我有话要跟他说。"

众人还没来得及回答,又听到赫尔克里·波洛严厉地问:"埃斯特拉瓦多斯小姐呢?"

乔治·李有些幸灾乐祸地说:"她要离开这儿了,她是这么说的。看起来,她和这些英国亲戚们待够了。"

波洛猛地转过身,对萨格登说:"快来!"

两个男人刚冲进大厅,就听见重物坠地的声音和从远处传来的一声尖叫。

波洛叫道:"快……来……"

两人穿过门厅跑到房间尽头,顺着楼梯上到二楼。皮拉尔的房间房门大开,一个男人站在门口。男人转过头看着跑上来的两个人,这人正是斯蒂芬·法尔。

他说:"她没事……"

皮拉尔紧贴着墙,身子蜷成一团,瞪着地板上的那块大石头。

她吓得连气都喘不过来了。

她说:"它就架在我的门上,保持着平衡。本来会在我进门的时候砸在我的头上,可我跑进门的时候裙子挂在了一颗钉子上,把我往回拽了一下。"

波洛跪下来检查那颗钉子,钉子上缠着一根紫色的花呢线。

他抬起头来，严肃地点了点头。

"小姐，这颗钉子救了你的命。"他说道。

萨格登警司迷茫地问："这都是……怎么回事？"

皮拉尔说："有人想杀我！"

她不停地点着头。

萨格登警司抬头看了看门。

"恶作剧。"他说，"一个老掉牙的恶作剧——目的却是谋杀！这是在这幢房子里实施的第二起谋杀了，可这次没能成功！"

斯蒂芬·法尔嗓音嘶哑地说："感谢上帝你没事。"

皮拉尔张开双手，做出一个恳求的手势。

"我的上帝，"她叫道，"为什么会有人想杀我？我做了些什么呀？"

赫尔克里·波洛慢悠悠地说："小姐，你应该这么问：我知道些什么呀？"

她瞪大了眼睛。

"知道？我什么都不知道。"

赫尔克里·波洛说："这就是你的不对了。告诉我，皮拉尔小姐，案发的时候你在哪儿，你不在这个房间里。"

"我在，我告诉过你了！"

萨格登警司假装温和地说："是的，但你当时没说真话。你告诉我们说你听见外公的尖叫声，但如果你在这个房间里，就绝不可能听见。波洛先生和我昨天实验过了。"

"噢！"皮拉尔屏住了呼吸。

波洛说："你所在的那个地方离他房间非常近。我来告诉你我认为你在哪儿吧，小姐，你在摆着雕像的壁龛里，那儿离你外公的房间非常近。"

皮拉尔吃了一惊,说:"噢……你怎么知道的?"

波洛淡淡地一笑,说:"法尔先生看见你在那儿了。"

斯蒂芬马上厉声反驳:"我没有。这绝对是个谎言!"

波洛说:"请你原谅,法尔先生,但你的确看见她了。还记得吗?你说你记得那处壁龛里有三尊雕像,而不是两尊。而那天晚上只有一个人穿着白衣服,那就是埃斯特拉瓦多斯小姐。她就是那第三尊雕像,是这样的吧。不是吗,小姐?"

皮拉尔迟疑了片刻,然后说:"是的,确实如此。"

波洛温和地说:"现在,小姐,该告诉我们事实了。你为什么会在那儿?"

皮拉尔说:"晚饭后我离开了客厅,打算去找外公,我想这会让他高兴。可当我从过道那儿转过来的时候,却看见有个人站在他的门边。我不想被那人看见,因为外公说过那天晚上他不想再见任何人。于是我躲进了那处壁龛,以防站在门口的那个人转过身来看见我。

"接着,突然间,我听到了可怕的声音,桌子——椅子……"她摆摆手,"所有的东西都倒了,撞在一起。我没有动,我也不知道为什么,我当时被吓坏了。而就在这时,响起了可怕的尖叫声……"她在胸前画了个十字,"我的心脏几乎停止了跳动,我对自己说,有人死了……"

"然后呢?"

"然后大家纷纷从过道那边跑了过来,最后,我出来了,加入了他们的行列。"

萨格登警司严厉地说:"我们第一次问你的时候,这些事你一句也没提,这是为什么?"

皮拉尔摇了摇头,自作聪明地说:"没必要对警察说太多。

你瞧，如果我说我当时离那儿很近，也许你就会认为是我杀了他。所以我说我在自己的房间里。"

萨格登依旧严厉，他说："如果你故意说谎，结果只会导致你受到怀疑。"

斯蒂芬·法尔说："皮拉尔？"

"什么？"

"当你拐进这条过道时，你看见谁站在门边，告诉我们。"

萨格登说："对，告诉我们。"

女孩儿突然有些迟疑。她的眼睛瞪大了，又眯了起来，她语速缓慢地说："我不知道那个人是谁。光线太暗了，看不清楚。但那是，一个女人……"

5

萨格登警司打量着围成一圈的这些人,流露出一种前所未有的近乎恼怒的神情。

他说:"这么做很不符合常规,波洛先生。"

波洛说:"这是我的一个小想法。我想把我的发现告诉大家,然后请大家协作,这样一来,我们就会找出事情的真相了。"

萨格登用低得几乎听不见的声音嘟囔道:"耍猴戏。"他靠在椅背上。

波洛说:"首先,我想请法尔先生做出一个解释。"

萨格登抿紧嘴唇,说:"我本该私下里跟你谈这件事的,不过我也不反对这样。"他把电报递给斯蒂芬·法尔,"现在,法尔先生——照你对自己的称呼来,也许你可以解释一下这个?"

斯蒂芬·法尔接过电报,扬了扬眉毛,慢慢地大声读了出来。读完他点了一下头,把电报还给警司。

"哦,"他说,"这可真糟糕,不是吗?"

萨格登说:"这就是你想说的吗?你该明白,其实你没有义务解释——"

斯蒂芬·法尔打断了他。他说:"你不用警告我了,警司,看得出来那些话就在你的嘴边转悠。是的,我会解释的,虽然不算非常好,但它是真的。"

他停了一下，开始了讲述。

"我不是埃比尼泽·法尔的儿子，但我跟他们父子两人都很熟。现在你们试着站在我的立场上想一想。顺便说一句，我的名字是斯蒂芬·格兰特，我此生第一次来到这个国家。我很失望，这儿的每样东西、每个人看起来都是那么单调乏味、毫无生气。接着我在火车上碰到了一个女孩，我必须坦白：我被这个女孩迷住了！她是这世上最可爱的人，简直不像这世上该有的！我和她在火车上聊了一会儿，当场便下定决心绝不能和她失去联系。当我离开车厢时，恰好瞥到了她旅行箱上的标签。吸引我的不是她的名字，而是她此次旅行的目的地。我听说过戈斯顿府，而且对这儿的主人很了解。他曾和埃比尼泽·法尔合伙了一段时间，老埃比经常谈起他，说他是个什么样的人。

"于是，我想到一个主意，到戈斯顿霍尔去，假装成埃比的儿子。他已经死了，正如电报里说的，死于两年前。但我记得老埃比说他已经很多年没有西米恩·李的消息了，所以我猜测这个姓李的并不知道埃比儿子的死讯。不管怎样，我认为这值得一试。"

萨格登说："但你没有马上过来试，而是在阿德斯菲尔德的国王纹章旅馆待了两天。"

斯蒂芬说："我得仔细想想啊——考虑清楚是否要试。最后我决定来，就像一次小小的冒险，吸引着我。哦，事情顺利得超乎想象！老人以最友善的态度问候了我，并马上邀请我在他家住下。我接受了。这就是我的解释，警司。如果你还是无法想象，试着回想一下你年轻的时候，是否也曾因坠入情网而纵容自己做一些傻事。我的真名是斯蒂芬·格兰特，你可以往南非拍份电报去调查我。但我要告诉你，你会发现我是一个非常正派的公民，绝不是一个骗子，或是一个偷珠宝的贼。"

波洛轻声说："我从不认为你是。"

萨格登警司谨慎地摸着自己的下巴，说："我会去调查一下的。我更想知道的是：谋杀案发生之后，你为什么不直接说出真相，而是编了一套谎话告诉我们呢？"

斯蒂芬直白地说："因为我是一个傻瓜！我以为你们发现不了的！我认为如果我承认假冒了身份到这儿来，看起来会很可疑。如果我不是一个彻底的白痴，就应该想得到你们一定会往约翰内斯堡拍份电报的。"

萨格登说："好吧，法尔……呃……格兰特先生，我没说我不相信你的故事，我们很快就能证实它是否属实。"

说完他向波洛投去探寻的眼光，后者说："我想埃斯特拉瓦多斯小姐有话要说。"

皮拉尔的脸色变得非常苍白，她上气不接下气地说："真的。我本以为永远不会告诉你们的，可为了莉迪亚和那些钱，我得说出来。来到这儿，假扮、欺骗和表演——这很有意思，但当莉迪亚说那钱是我的，这么做才公平时，事情就不一样了，已经不再好玩了。"

阿尔弗雷德·李一脸迷惑不解。

"我没听明白，亲爱的，你在说些什么？"

皮拉尔说："你们以为我是你们的外甥女皮拉尔·埃斯特拉瓦多斯？但其实不是这样的！皮拉尔死了，我和她一起在西班牙旅行的时候死的！当时飞来一颗炸弹，汽车着了火，她当场就死了，而我毫发无损。我和她并不太熟，但她告诉了我所有有关她自己的事，包括她有个外公，如何让她去英国，以及他如何有钱什么的。而我身无分文，不知道该上哪儿去、该做什么。我突然想：我为什么不拿着皮拉尔的护照到英国去，变成一个非常有钱的人啊？"她突然露出笑容，显得光彩照人，"噢，不知能不能顺利蒙混过关的想法非常有意思！我们的照片并不像。刚才他们要看我护照的时候，我打开窗户把它扔了下去，然后跑下去捡，捡的时候故意涂了一点儿灰在照片上。邻国间的旅行，海关的人不会看得很仔细，而在这儿他们也许——"

阿尔弗雷德怒气冲冲地打断了皮拉尔的话："你是说，你假扮成我父亲的外孙女，玩弄了他对你的宠爱？"

皮拉尔点点头，得意地说："对，我一眼就看出我可以让他很喜欢我。"

乔治·李勃然大怒。

"荒谬！"他咆哮道，"罪犯！企图借欺诈来骗钱！"

哈里·李说："她没从你那儿拿到一个子儿，老兄！皮拉尔，我站在你这一边，我非常钦佩你。而且，感谢上天，我不再是你的舅舅了！这样我就不用顾忌什么了。"

皮拉尔问波洛："你知道了？你是什么时候知道的？"

波洛笑了："小姐，如果你研究过孟德尔的遗传定律就会知道，两个蓝眼睛的人是生不出一个棕色眼睛的孩子的。我敢肯定，你的母亲是一位正派可敬的女士。那么，结果必然就是，你根本就不是皮拉尔·埃斯特拉瓦多斯。当你在护照这件事上捣鬼的时候，我就十分肯定了。那个想法挺机灵的，但还不够机灵，你明白吗？"

萨格登警司不高兴地说："整件事都不够机灵。"

皮拉尔瞪着他，说："我不明白……"

萨格登说："你告诉了我们一些事——但我认为，还有更多的事你没说。"

斯蒂芬说:"你放过她吧!"

萨格登警司毫不理会。他接着说:"你说晚饭后你又上楼准备到外公的房间去,并说那是出于一时的心血来潮。依我看,可能还有别的原因。是你偷了那些钻石,你拿了它们,趁老头不注意的时候,从保险箱里偷走了它们!老头发现钻石失踪了之后,马上就想到有两个人最有可能。一个是霍伯里,他也许知道密码,并趁夜溜进来偷走了钻石。另一个就是你。

"接着,李先生马上采取了行动,他给我打了通电话,叫我过来见他。接着他带话给你,让你晚饭后立即上楼来。你来了,他当面指责你拿了钻石,你否认,可他仍不肯放过你。我不知道接下来到底发生了什么。也许他看出你并不是他的外孙女,而是一个非常聪明的职业小偷。不管怎样,游戏结束了,罪行曝光的危险逼近你,你就用刀割开了他的喉咙。当时发生了一些争斗,他尖叫出声,你必须马上摆脱困境。你匆匆溜出房间,但知道无法在其他人到来之前跑掉,于是,你躲进了放着雕像的壁龛。"

皮拉尔尖声喊道:"这不是真的!这不是真的!我没有偷钻石!我没有杀他!我向圣母马利亚发誓。"

萨格登严厉地问:"那会是谁干的呢?你说你看见一个人影站在李先生的门外。照你的说法,那个人就应该是凶手。当时没别的人经过壁龛了!但另一方面,只有你说那儿有一个人,换句话说,你编造出这么一个人,为了替自己开脱!"

乔治·李紧接着厉声道:"当然是她!一切都很清楚了!我一直在说是一个外人杀了父亲!怀疑这件事是自己家里的人干的,这纯粹是胡说八道——这是不合常理的!"

波洛在椅子里动了动,说:"我不能同意你的说法。考虑到西米恩·李的性格,发生这样的事是很正常的。"

"什么?"乔治的嘴张得大大的,盯着波洛。

波洛接着说:"而且,在我看来,事情的确是这样的。西米恩·李被他的亲生骨肉杀了,出于一个很充分、很合理的理由。"

乔治叫道:"我们中的一个?我否认——"

波洛的声音如铁棍般插了进来。

"这是一桩每个人都有嫌疑的案子。乔治·李先生,我们先从你开始说吧。你一点儿都不爱你的父亲!你和他保持良好关系只是为了钱。在他死的那天,他曾威胁说要削减你的生活费,而你知道他死后你可能会继承到一笔数目可观的财产,这就是动机。照你说的,晚饭后你去打电话了。你的确打了通电话,但通话时间只有几分钟,那之后你完全可以去父亲的房间,和他聊了聊,然后和他打了起来并杀死了他。之后你离开房间,把门从外面锁上,因为你希望警方认定这是入室抢劫。但你在慌乱中疏忽了一点,你忘了把窗户打开,来支持抢劫的说法。这很蠢,不过请你原谅,我认为你本来就是一个很愚蠢的人!然而……"

波洛稍微停顿了一下,这期间乔治企图开口反驳但没有成功。

波洛接着说道:"有很多愚蠢的人成了罪犯!"

说完波洛将目光转向玛格达莱尼。

"您的夫人,她也有动机。我认为,她欠着债,而你父亲的口气,以及说的一些话也许引发了她的不安。她也没有不在场证明。她说当时她去打电话了,可她没有。而且,这些只是她自己的说法,没人可以证明……

"然后,"他停了一下,"还有戴维·李先生。我们不止一次,而是多次听人说李家人的血液里流淌着无法忘怀的复仇天性。戴维·李先生没有忘记父亲是如何对待母亲的,也无法原谅父亲。

父亲对死去的夫人的嘲笑也许是压坏他的最后一根稻草。谋杀案发生的时候，戴维·李说他在弹钢琴，而他弹的曲子恰巧是《葬礼进行曲》。但如果假设是别的什么人在弹《葬礼进行曲》呢？某个知道他要去干什么，并愿意为他作证的人。"

希尔达·李平静地说："这种假设很无耻。"

波洛转向她："我可以再说一种可能，夫人。是你亲手做了那件事，是你偷偷溜上楼去，对一个你认为已超出人类宽恕限度的人执行了裁决。而夫人你，发起怒来一定很可怕……"

希尔达说："我没杀他。"

萨格登警司突然插话："波洛先生说得很对。这起案子每个人都有嫌疑，除了阿尔弗雷德·李先生、哈里·李先生和阿尔弗雷德·李夫人。"

波洛温和地说："我可没说与这三个人无关……"

警司抗议说："噢，得了吧，波洛先生！"

莉迪亚·李问："那我有什么嫌疑呢，波洛先生？"

她说话的时候微微地笑着，眉毛嘲讽地挑起。

波洛低头致意，说："夫人，你的动机我就不说了，因为太明显了。来说说其他的部分，那天晚上你穿着一件花朵图案的塔夫绸礼服，配一件图案非常特别的斗篷。我先提醒你一个事实，特雷西利安，那位管家，他是个近视眼，远处的物体在他看来是暗淡模糊的。我还要指出，你家的客厅非常大，而且全是罩着大灯罩的灯。那天晚上，就在尖叫声响起的一两分钟之前，特雷西利安走进客厅来收咖啡杯。他看见了你，他是这么觉得的。你以惯常的姿势站在远处的窗边，身子半边被厚重的窗帘遮着。"

莉迪亚说："他的确看见了我。"

波洛继续道："我想说的可能是，特雷西利安看见的，其实只是你那件斗篷。它被安置在窗帘边，看起来就像你站在那儿……"

莉迪亚说："我确实站在那儿……"

阿尔弗雷德说："你怎么敢这么说——"

哈里打断了他。

"让他说下去，阿尔弗雷德，下面就该轮到我们了。我倒要听听他怎么描述亲爱的阿尔弗雷德杀死了他深爱的父亲，而且我们当时一起待在餐厅里？"

波洛冲他笑了一下。

他说："这个，非常简单。仇人不情不愿地提供的不在场证明，反而可信得多。你们两兄弟关系很不好，这是众所周知的。你公开鄙视他，他对你也没有一句好话！可是，如果这些都是一个非常机智的计划的一部分呢？假设阿尔弗雷德·李厌倦了不停向严苛的霸主献媚，假设你们之前早就见过面呢？你们的计划是这样的，你回到家来，阿尔弗雷德装作不满你的归来，露骨地表现出对你的嫉妒和不满；你则不断地鄙视他。接着就到了谋杀的那天晚上，你们早就把一切都设计好了。你们中的一个留在餐厅里，自说自话，也许还假装大声地争吵，就像有两个人在那儿似的。另一个人则上楼去作案……"

阿尔弗雷德腾地一下跳了起来。

"你这个魔鬼！"声音已含混不清。

萨格登盯着波洛，问："你说的这些都是真的吗……"

波洛再次开口时，语气中带着一种威信。

"我已经说明了所有的可能性！这些情况都有可能发生！至于实际上发生了什么，我们必须通过表现看到其内在的真实……"

他顿了一下，然后慢条斯理地说："正如我之前所说的，我们必须回到西米恩·李本人的性格特征上来……"

6

随后是片刻的沉默。很奇怪,此时所有的愤怒和怨恨都平息了下来。赫尔克里·波洛凭借他的人格魅力控制了在场的听众。当他再次开口,慢吞吞地说话时,其他人都陶醉地看着他。

"我们要明白,一切的根源都在这儿,死者才是这起神秘事件的焦点和中心!我们必须深入探究西米恩·李的心灵和思想,看看我们能找到些什么。对一个有家有室的人来说,他身上的东西必然传给了后代……

"那么西米恩·李留遗传给儿子和女儿了些什么呢?首先,是骄傲。但老人的这种骄傲因为对孩子们的失望而有所挫伤。接下来是耐心的品质。我们已经从多处了解到,西米恩·李可以为了报复一个坑过他的人而耐心地等待好几年。我们看到,继承他这一点的,正是从外表上看最不像他的那个儿子。戴维·李可以把一件事或一份怨恨藏在心里很多年。从长相上看,哈里·李是最像父亲的,特别是当我们仔细观察西米恩·李年轻时候的画像时,二者的相像就更加显著了!他们都有着高挺的鹰钩鼻,轮廓分明的长下巴,喜欢摆出头向后仰的姿势。我想,哈里也从父亲那儿继承了举止上的特殊习惯——比如说喜欢仰头大笑,还有用手指抚摸下巴。

"我将这些因素综合在一起,确信犯下这起谋杀案的凶手与死者关系密切，于是便开始从心理学角度研究整个家庭。换句话说，我试图找出他们中的哪一个从心理学角度上有可能犯罪。而据我的判断，只有两个人符合这方面的要求。他们是阿尔弗雷德·李和希尔达·李——戴维的妻子。而戴维本人，我不认为他会是一个凶手，我不认为像他那么脆弱敏感的人能做出割喉这么血腥的事。乔治·李和他的妻子同样被我排除在外，不管他们多想这么做，我认为他们都不会去冒这个险。他们在本质上都是十分小心的人。阿尔弗雷德·李夫人，我很肯定她无法做出任何暴力行为，她的个性太坚定了。对哈里·李，我有点犹豫。他确实有些粗俗野蛮，可我几乎可以肯定，与他所表现出的虚张声势和怒气冲冲相反，哈里·李本质上是个很懦弱的人，而现在我知道，这也是他父亲对他的看法。他曾说哈里并不比其他人更有价值。这样就只剩下刚才我所提到的那两个人了！阿尔弗雷德·李是一个可以无私地做出巨大奉献的人，多年来他一直遵照另一个人的意愿活着，无条件地服从他，任凭他支配。在这种情况下，这一关系很可能会突然崩塌。此外，他很可能对父亲心怀怨恨，这种怨恨越积越深，只是从未以任何方式表现出来。最安静、最顺从的人，一旦自制力出现裂缝，便会彻底垮掉，从而做出最突然、最意外的暴力行为！另一个我认为能胜任这次犯罪的人是希尔达·李。她是那种必要时会用自己的手来执行法律裁决的人——虽然不会出于自私的动机。这种人会自己做出裁决，还会去执行。《旧约·圣经》里的很多人物都是这种类型的，比如说，雅亿[①]和朱迪斯[②]。

[①] Jael，希伯来人，作为外邦妇女，杀死了攻打以色列的统帅西西拉。
[②] Judith，一名以色列寡妇，在亚述军队攻入她所在的国家时，她带着女仆主动色诱敌军统帅，最终趁统帅熟睡时将其杀死。

"进行到这里,我开始回想案子本身的情况。第一个生出的疑点——可谓马上浮现出来的,是情况非同一般的案发现场!你们都回忆一下西米恩·李陈尸的那个房间。如果你们还能记得的话,那儿有一张沉重的桌子和一把沉重的椅子,都翻倒了,还有一盏灯、瓷器、玻璃杯等。桌子和椅子尤其令人惊讶,它们都是实心桃花心木的,很难想象那个虚弱的老人与袭击者之间究竟发生了怎样的搏斗,居然能把如此坚固沉重的家具碰翻、撞倒,整件事看起来很不真实。然而,任何一个心智健全的人都不会故意制造出这样的场面——除非西米恩·李是被一个强壮的男人杀死了,这么做是为了让人以为攻击者是个女人,或一个瘦弱的男人。

"但这么想也完全没有说服力。因为家具倒地发出的声响会让其他人警觉,使得杀人凶手几乎来不及离开现场。尽可能无声无息地割开西米恩·李的喉咙,对任何人来说都是最有利的。

"另一个非同寻常之处是,从门外转动钥匙,让门反锁。这么做同样没有道理。这么做也不可能让人以为是自杀,这起案件中没有一丁点因素能扯到自杀上。也不可能让人以为凶手是从窗户逃跑的——因为窗户都关着,根本不可能从那儿出去!还有,再次涉及时间问题。时间,对杀人凶手来说必定是非常宝贵的。

"还有一件让人无法理解的事情——从西米恩·李的防水盥洗袋上剪下来了一块小橡胶,还有一小块木头桩子,是萨格登警司拿给我看的。这些东西是第一批进入房间中的某个人从地板上捡起来的——而这些东西,也没有任何意义!它们可以说什么都不是!但它们就在那儿。

"我们发觉,这起案子变得越来越难以理解。它没有条理、没有秩序——总而言之,它不合乎情理。

"而我们还有一个更大的难题:死者叫来了萨格登警司,向他报告了一起盗窃案,并要求他一个半小时以后再过来一趟。为什么呢?如果西米恩·李在怀疑他的外孙女或别的家庭成员,在他和那个被怀疑的人面对面把这件事说出来的时候,为什么不让萨格登警司在楼下等着呢?有警司在家里,还可以给嫌疑人施加更大的压力。

"到这里我们发现,不仅凶手的行为非同寻常,西米恩·李本人的行为也非同寻常!

"于是我对自己说:'这件事全错了!'为什么?因为我们在从一个错误的角度看它,从一个杀人凶手所希望的角度……

"我们有三件事解释不清:搏斗、转动钥匙,以及一小片剪下来的橡胶。但肯定有一种方式能解释这三件事情!于是我清空大脑,让其成为一片空白,忘掉案情,从这些东西的本身来考虑。我想——搏斗,那代表着什么?暴力——毁坏——嘈杂的声音……那么钥匙呢?为什么要转动钥匙?防止有人进去?可并没阻止得了谁,因为门几乎马上就被砸开了。不让某人出来?不让某人进去?一小片剪下来的橡皮呢?我对自己说:'防水盥洗袋就是防水盥洗袋,没别的了!'

"你们肯定会说还是毫无进展——但并非如此,我留下了三个印象:嘈杂——隔离——无意义……

"这和我之前认为有可能的两个人之中的任何一个相吻合吗?不,不吻合。对阿尔弗雷德和希尔达两人来说,当然绝对地倾向于悄无声息地谋杀,而把时间浪费在从外面锁门上简直荒谬,至于那一小片橡胶,依旧——毫无意义!

"但我有一种强烈的感觉,这起案子一点也不荒谬——正相反,它计划周密,实施得精准。而事实上,它成功了!因此,发生的每一件事都是有意义的……

"接着,在我又把整件事重新思考了一遍时,看到了第一道启示之光……

"血——那么多的血——到处都是血……对血的强调——新鲜的、湿润的、鲜艳夺目的血……那么多的血——太多血……

"而第二个想法也随之而来!这是一起血案——凶手就在有血缘关系的这群人当中。正是西米恩·李自己的血脉背叛了他……"

赫尔克里·波洛俯身向前。

"在这起案子中,两条最有价值的线索却是分别由两个人在无意中说出来的。第一个是阿尔弗雷德·李夫人引用了《麦克白》里的一句台词:'可是谁想得到这老头儿会有这么多血?'另一个来自特雷西利安,那个老管家说的一句话。他说自己近来迷迷糊糊的,总觉得有些事之前也发生过。是一件微不足道的小事让他产生了这种奇怪的感觉。他听见门铃响了,就去给哈里·李开了门。而第二天他又做了同样的事情,这次门外站着斯蒂芬·法尔。

"他为什么会有这种感觉呢?看看哈里·李和斯蒂芬·法尔,你们就会明白为什么了。他们的长相惊人地相像!这就是为什么给斯蒂芬·法尔开门,感觉就像是给哈里·李开门一样。看起来差不多是同一个人站在门外。而接下来,就在今天,特雷西利安提到他总是把人弄混。这不奇怪!斯蒂芬·法尔也有高高的鼻子,笑的时候习惯头往后仰,还有那个用食指抚摸下巴的小动作。如果你久久地审视西米恩·李年轻时的画像,就会发现不仅有哈里·李的影子,还有斯蒂芬·法尔……"

斯蒂芬动了动,弄得椅子吱嘎作响。

波洛说:"还记得西米恩·李那次大发作,对家里人发表的那通激烈的演说吗?你们肯定记得,他说,他敢说还有更好的亲生儿子,只是生错了地方。我们再回到西米恩·李的性格特征上来。西米恩·李在女人的事情上很有一手,并让妻子为此心碎!西米恩·李曾向皮拉尔吹嘘,他很可能有一个由几乎同样年纪的儿子组成的护卫队!所以,我得出了一个结论:西米恩·李不仅有这幢房子里的、合法婚姻内所生的儿子,还有他所不知道的、且未被承认的亲生儿子。"

斯蒂芬站了起来。

波洛说:"这才是你来这儿的真正原因,不是吗?并不是你在火车上遇见了一个女孩这种美丽的罗曼史!在遇见她之前你就决定到这儿来了,你想来看看父亲是个什么样的人⋯⋯"

斯蒂芬的脸色变得惨白。他开口了,声音沙哑。

"是的,我一直想弄清楚⋯⋯母亲有时会说起他。这个念头已渐渐占据了我的心,想去看看他是个什么样的人!我攒了一点儿钱,来到了英格兰。我不打算让他知道我是谁,便假装是老埃比尼泽的儿子。我到这儿来只有一个原因,来看看我父亲到底是什么样子⋯⋯"

萨格登警司悄声说:"天哪,我一直瞎了眼⋯⋯现在我明白了,我两次把你误认为成哈里·李先生,却从没往这方面想过!"

警司又转向皮拉尔,问:"实情是这样的,对吗?你看见站在门外的那个人,其实是斯蒂芬·法尔。我记得你在说是个女人之前犹豫了一下,还看了看他。你当时看见的是法尔,只是不愿意把他说出来。"

这时响起一阵轻柔的沙沙声,接着希尔达·李低沉的声音响了起来。

"不,"她说,"你错了,皮拉尔看见的是我……"

波洛说:"你,夫人?不过我也是这么想的……"

希尔达平静地说:"自我保护真是一件奇怪的事。我都不愿相信我会是这样一个胆小鬼,只是因为害怕就保持沉默!"

波洛说:"现在你愿意告诉我们吗?"

她点点头。

"我原本和戴维一起待在音乐室里。他在弹琴,情绪异常。我有点儿害怕,而且我强烈地意识到这一切全怪我,因为是我坚持要回来的。戴维开始弹《葬礼进行曲》,突然间,我就下了决心,不管这看起来有多怪,我已决定我们两个人必须马上离开——就在当天晚上。于是我悄悄地走出音乐室,走上楼去,我想去见李先生,坦率地告诉他我们为什么要走。我经过走廊,来到他的房门前。我敲了敲门,没有回答,我又使劲儿敲了敲,还是没有回答。我试着转了一下门把手,门锁着。就在这时,我正站在门外犹豫的时候,我听见屋里传来一个声音……"

她顿了一下。

"你们不会相信的,但那是真的!有人在屋里——正在攻击李先生。我听见桌椅翻倒,玻璃和瓷器打碎的声音,我听件最后那声可怕的尖叫渐渐消失——然后就是一片寂静。

"我傻傻地僵立在那儿!我动不了了!而这时法尔先生从走廊那边跑过来,玛格达莱尼和其他人也都来了,然后法尔先生和哈里开始撞门。门被撞倒了,我们看见了房间里面的情形,而里面一个人都没有——除了倒在血泊里、已经死了的李先生。"

她平静的声音提高了一点儿,叫道:"屋里没有别的人了——一个也没有,你们明白吗?可是没人从房间里出来过……"

7

萨格登警司深吸了一口气。他说:"要么是我快疯了,要么就是大家都快疯了!你说的那些,李夫人,根本不可能。太疯狂了!"

希尔达·李叫道:"我真的听见他们在屋里搏斗,我还听见老人的喉咙被割开时的那声尖叫。但是没人出来,也没人在房间里!"

赫尔克里·波洛说:"可过了这么久了,你什么都没说。"

希尔达·李的脸白了,但她依旧镇定地说:"是的,因为如果我告诉你们发生了什么,你们只会想到一件事,是我杀了他……"

波洛摇摇头。

"不,"他说,"你没杀他,是他的儿子杀了他。"

斯蒂芬·法尔说:"我在上帝面前发誓我从没碰过他!"

"不是你,"波洛说,"他还有别的儿子!"

哈里说:"这到底——"

乔治瞪大了眼睛;戴维用手蒙住眼睛;阿尔弗雷德眨了两下眼。

波洛说:"我到这儿的第一个晚上,也就是发生谋杀的那天晚上,看见了一个幽灵,是死者的幽灵。当我第一眼看见哈里·李的时候,我愣住了,我觉得以前见过他。后来我仔细观察他的相貌,才意识到他是多么像他父亲,而我告诉自己这就是产生那种相似感觉的原因。

"昨天,另一个男人坐在我对面仰着头笑了起来。这时我才意识到哈里·李让我想起了谁。我又因此追溯到另一张脸,死者的相貌。

"难怪可怜的老特雷西利安会被搞糊涂,在他接连给三个而不是两个长得非常相像的男人开门的时候。难怪他会承认总是把人搞混,当这幢房子里的三个男人稍微离远一点看就像同一个人!一样的体型,一样的姿势,尤其是那个摸下巴的小动作,一样的仰头大笑的习惯,一样引人注目的高挺鼻子。可这相似之处也不是那么容易看出来——因为第三个人有胡子。"

他向前探出身子。

"人们有时会忘记警察也是男人,他们有妻子、孩子、母亲,"他停顿了一下,"和父亲……还记得西米恩·李在本地的名声吗?因为与女人们的私情而使妻子心碎。私生子也会继承他的很多东西。他会继承他父亲的相貌,甚至习惯动作,他会继承他的骄傲、耐心和复仇精神!"

他的声音提高了。

"你这一生,萨格登,一直因父亲犯下的错而心怀怨恨。我认为你很久以前就决定杀他了。你是从邻郡来的,离得并不远。可以想象,有西米恩·李给的钱,你母亲很容易就为你找了个父亲。进米德什尔警察局对你来说会更容易复仇。作为警察,有非常多的机会犯罪,并能逃脱罪行。"

萨格登的脸变得像纸一样惨白。

他说:"你疯了!他被杀的时候我在房子外面。"

波洛摇摇头。

"不，你在第一次离开之前就杀了他。在你离开之后没人见过他活着。这对你来说很容易。西米恩·李确实在等你来，但他并没叫你来，是你给他打了通电话，含糊不清地提到一起盗窃未遂案，并说你会在那天晚上八点之前去拜访他，而且会假装成是来为警方募集捐款的。西米恩·李丝毫没有怀疑，他不知道你是他儿子。你来了，编造了一个假钻石的事。于是他打开保险箱，让你看真钻石还安全地躺在里面。你道了歉，和他一起回到壁炉边，趁他不备突然抓住了他。你用手捂住他的嘴，割断了他的喉咙，这样他就叫不出声来了。强壮如你，做这些就像小孩玩游戏一般简单。

"接下来你开始布置现场。你拿走钻石，把桌椅、灯和玻璃杯堆了起来，用你随身带来的一根很细的绳子或线，从它们之间穿来穿去地绕起来。你带了一瓶新鲜的动物血，在里面加了些柠檬酸钠，随意地把血洒得到处都是，又在从西米恩·李的伤口里流出来的一摊血里加了些柠檬酸钠。你还把火生旺，使尸体保持温暖。接着你把线的两头从窗户下边的狭窄缝隙中伸出去，让它们垂到墙外。你离开了房间，从外面把门锁上。这一点很重要，因为不管发生什么，不能有任何人进到那个房间里去。

"接着你走出去，把钻石藏在花园里的石槽里。它们早晚都会被发现，但那样只会使怀疑的焦点进一步集中到你所希望的地方：西米恩·李合法家庭的孩子们身上。差不多九点一刻时你又来了，走到窗户下方的墙边拉动了那两根线。这就触动了你精心堆起的那堆东西，家具和瓷器哗啦一声全部倒了下来。你拉着线的一头把线全部拽了出来，重新绕在自己的身上，藏在外套和马甲下面。

"接下来,你还有更深远的计划!"

波洛转向其他人。

"你们还记得每个人是怎么描述那声垂死的尖叫声的吗?你,李先生,说像是一个在致命的痛苦降临在即将死去的人身上才有的惨叫。你妻子和戴维·李用了同一种形容:像是地狱里的灵魂。而戴维·李夫人正好相反,说它像是一个没有灵魂的人发出的叫声,她说那不像人类发出的,像一头野兽。哈里·李说的最接近真相,他说听起来像杀猪一样。

"你们知道集市上卖的那种长长的、上面画着人脸的粉色气球叫什么吗?叫'垂死的猪'。当里面的空气喷出来时,它们会发出野兽似的哭号。这个,萨格登,就是你最后的一招。你把一个气球放在房间里,口用一个小木桩堵住,但这个小木桩也拴在细绳上。你拉动细绳,木桩跑了出来,那头'猪'便开始放气。气球就连在家具堆的最上面,家具倒塌,便响起'垂死的猪'的尖叫。"

他再次转向其他人。

"现在你们知道皮拉尔·埃斯特拉瓦多斯在现场捡起来的是什么了吧?警司原本希望能在有人注意到它们之前及时把那一小束橡胶回收。不过他还是借调查的名义尽快地把它从皮拉尔那儿要了过来。可要知道,他没对任何人提起这件事。这本身就很奇怪了,而且很可疑。我是从玛格达莱尼那儿听说这件事的,问到他的时候,他早已对这种情况做好了准备。他事先从李先生的防水盥洗袋上剪下一小片,和一小块木楔子一起拿了出来。表面上看它们很符合描述—— 一小块橡胶和一小块木头。但就像我那时所想到的,它们什么都不是!可我太傻了,没有马上想到既然它们什么都不是，就不可能出现在那儿，因此萨格登警司在撒谎……不，我愚蠢地继续为它们寻找一个解释。直到埃斯特拉瓦多斯小姐在玩气球的时候气球爆了，而她叫了起来，说她在西米恩·李的房间里捡到的一定是个爆了的气球，这时候我才发现了真相。

"你们明白这一切是怎么回事了吧？不真实的搏斗，是为了制造错误的死亡时间；上锁的门，是为了防止有人太早发现尸体；还有死者的尖叫。现在这起案子很有逻辑且合情合理了。

"但皮拉尔·埃斯特拉瓦多斯大声喊出了她关于气球的发现，这时，她就对凶手构成了威胁。而如果她喊出的话被房子里的他听见了——这是很有可能的，因为她的声音又尖又清晰，而且当时窗户都开着——她本人就处于极度的危险之中了。她已经让凶手尴尬一次了。在说到老李先生的时候，她曾说：'他年轻的时候一定很好看。'然后又加了一句，她对着萨格登说：'像你一样。'她说这话没什么深意，萨格登知道，这也难怪他一下子脸都紫了，几乎说不出话来。意外来得太突然，且非常危险。自那之后，他一直想把罪名强加给她，可事实证明这比他料想的要困难得多。因为，作为没能得到遗产的外孙女，她显然没有犯罪动机。后来，当他在房子里无意中听见她那尖利清晰的关于气球的发现时，绝望的他决定铤而走险。我们吃午饭的时候他设下了那个陷阱，但很幸运，简直可以说是奇迹，计划失败了……"

一片死一样的寂静之后，萨格登平静地问："你是什么时候确定的？"

波洛说："我一直不太有把握，直到我买回一副假胡子，我把它放在西米恩·李的画像上试了一下,这时——我发现看着我的那张脸是你。"

萨格登说:"上帝让他的灵魂在地狱里腐烂吧!我很高兴我做了这件事!"

第七部分　十二月二十八日 ———

1

莉迪亚·李说:"皮拉尔,我认为你最好还是先和我们待在一起,让我们把你以后的生活安排好。"

皮拉尔谦恭地说:"你太好了,莉迪亚,你是个好人,这么容易就原谅了别人,而不会为此小题大做。"

莉迪亚笑着说:"我还是叫你皮拉尔,虽然我想你并不叫这个名字。"

"是的,其实我叫贡奇塔·洛佩兹。"

"贡奇塔也是个好名字。"

"你真的是太好了,莉迪亚。但你不用为我操心了,我就要嫁给斯蒂芬了,我们要到南非去。"

莉迪亚笑着说:"啊,这个结局非常完美。"

皮拉尔怯生生地问:"既然你一直这么好,莉迪亚,你觉得,我们能不能回来和你一起——也许过个圣诞节,到时候我们就可以吃饼干、烤葡萄干,在树上挂满那些闪光的东西和小雪人了?"

"当然,你可以来过一个真正的英式圣诞节。"

"那就太好了!你瞧,莉迪亚,我觉得今年的圣诞节一点儿都不美妙。"

莉迪亚屏住呼吸,说:"是啊,这不是一个美妙的圣诞节……"

2

哈里说:"再见了,阿尔弗雷德。你不用再为见到我而苦恼了,我要到夏威夷去生活了,我一直幻想某天有了点儿钱,我就去那儿住下。"

阿尔弗雷德说:"再见了,哈里。希望你能过得开心,我希望这样。"

哈里颇为尴尬地说:"对不起,我总是惹你生气,老兄。我的幽默感真是令人生厌,总忍不住想拿人开玩笑。"

阿尔弗雷德勉强地说:"我想我该学着经得起玩笑。"

哈里松了一口气,说:"好啦,再——见。"

3

阿尔弗雷德说:"戴维,莉迪亚和我决定卖掉这个地方。我想也许你会想要一些母亲的东西——她的椅子和那个脚凳。你一直是她最喜欢的孩子。"

戴维迟疑了一会儿,接着慢吞吞地说:"谢谢你能想到这些,阿尔弗雷德。可你知道吗,我不认为自己需要它们,我不想从这幢房子里拿走任何东西,我觉得我最好一次性和过去一刀两断。"

阿尔弗雷德说:"是的,我明白。也许你是对的。"

4

乔治说:"好了,再见,阿尔弗雷德。再见,莉迪亚。这一阵子我们是怎么熬过来的啊!快要开庭审判了,我想整件不光彩的事情都要传出来了。萨格登是……呃……是父亲的儿子。不知能不能安排个人去给他提个建议,如果他能声称杀人的动机是出于激进的共产主义观点,因此憎恨作为资本家的父亲,诸如此类的借口,这样会好一点。"

莉迪亚说:"我亲爱的乔治,你真的认为像萨格登那样的人,会为了让我们感觉好一点儿而说谎吗?"

乔治说:"呃……大概不会吧。好吧,我明白你的意思了。总之,那家伙肯定是疯了。就这样,再见了。"

玛格达莱尼说:"再见。明年我们去里维埃拉或是别的什么地方过圣诞节吧,好好地开心一下。"

乔治说:"那要看花多少钱。"

玛格达莱尼说:"亲爱的,别这么抠门儿了。"

5

阿尔弗雷德走到露天平台上。莉迪亚正弯腰鼓捣一个石槽。她看见了他，直起身来。

他叹了口气，说："啊，他们都走了。"

莉迪亚说："是啊，上帝保佑。"

"确实如此。"阿尔弗雷德说，"离开这儿你一定很高兴吧。"

她问道："你介意吗？"

"不，我也很高兴，有那么多有趣的事情我们可以一起去做，继续住在这儿只会让人不时想起那场噩梦。感谢上帝，一切都结束了！"

莉迪亚说："感谢赫尔克里·波洛。"

"是啊，当他进行说明的时候，一切都很自然地对上了，这真是令人惊奇。"

"是的，就像在拼一个复杂的拼图，那些你曾发誓放在哪儿都不会合适的奇形怪状的小块，都很自然地找到了自己的位置。"

阿尔弗雷德说："有一件小事我还是没对上，乔治打完电话之后干什么去了？他为什么不愿意说呢？"

"你不知道吗？我一直知道。他正在偷看你写字台上的文件。"

"噢！不，莉迪亚，不会有人做这种事的！"

"乔治会，他对有关钱的事都好奇极了。但他当然不会说的，如果他承认,就要受到法庭的审问了。"

阿尔弗雷德说:"你在做新的小园林吗?"

"是的。"

"这一次是什么?"

"我想,"莉迪亚说,"我尝试做一个伊甸园,新的版本——没有蛊惑人的毒蛇——而且亚当和夏娃都是中年人了。"

阿尔弗雷德温柔地说:"亲爱的莉迪亚,这些年来你一直多么耐心呀!你对我太好了。"

莉迪亚说:"你看,阿尔弗雷德,我爱你呀……"

6

约翰逊上校说:"上帝保佑我的灵魂!"接着又说,"真的!"

过了一会儿他又说了一遍:"上帝保佑我的灵魂!"

他靠在椅子上,盯着波洛,伤心地说:"我的好朋友!现在的警察都成什么了?"

波洛说:"警察也有自己的私生活!萨格登是一个非常骄傲的人。"

约翰逊上校摇摇头。

为了发泄情绪,他踢了踢壁炉里的木柴。

他突然说:"我总是说——没什么比得上烧得很旺的壁炉。"

赫尔克里·波洛察觉到脖子后面的冷风,暗想:对我来说,还是中央取暖设施最好……

Hercule Poirot's Christmas
Copyright © 1939 Agatha Christie Limited. All rights reserved.
Letter for Chinese Reader, New Star Edition by Mathew Prichard © 2013 Mathew Prichard.
Translation © 2023 arranged by New Star Press, Agatha Christie Limited. All rights reserved.
www.agathachristie.com
The Poirot icon is a trademark, and AGATHA CHRISTIE, POIROT, *Agatha Christie®* and the AC Monogram Logo are registered trade marks of Agatha Christie Limited in the UK and elsewhere. All rights reserved.
Published by agreement with ACL.
Simplified Chinese edition copyright: 2023 New Star Press Co., Ltd.

图书在版编目（CIP）数据

波洛圣诞探案记 /（英）阿加莎·克里斯蒂著；孙蓓雯译. —— 北京：新星出版社，2023.6
（阿加莎·克里斯蒂侦探小说全集：精装典藏版）
ISBN 978-7-5133-4914-7

Ⅰ. ①波… Ⅱ. ①阿… ②孙… Ⅲ. ①侦探小说 – 英国 – 现代 Ⅳ. ① I561.45

中国国家版本馆 CIP 数据核字 (2023) 第 055057 号

午夜文库
谢刚 主持